花巻農学校教師のころ（大正13年ころ）

宮 沢 賢 治

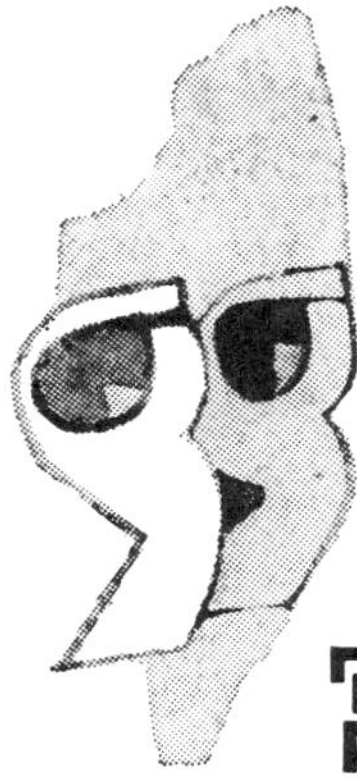

宮沢賢治

●人と作品●

福田清人

岡田純也

CenturyBooks 清水書院

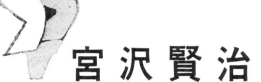

原文引用の際，漢字については，
できるだけ当用漢字を使用した。

序

人類の歴史に、その業績をきざみこんだ人物の伝記や、すぐれた文学作品に、青春時代ふれることは、人間の精神の豊かな形成に大いに役立つことである。

ことに美や真実をあくことなく探求し、苦闘の生涯を送った文学者の伝記は、感動をよびおこすものがあり、その作品の理解、鑑賞にも大切な鍵を与えてくれるものがある。

たまたま私は清水書院より、若い世代を対象とする近代作家の伝記及びその作品を解説する「人と作品」叢書の企画、監修の相談をうけた。既成の研究者より、新進の研究者の生新なペンが望ましいとのことであったから、私が出講していた立教大学大学院に席をおきながら、近代文学を専攻している諸君を主として推薦することにした。そして私も編者として名を連ねることになった責任上、その原稿には眼を通した。

こうして第一期九冊は、一九六六年初夏刊行されたが、幸い好評のようである。

さらにつづいてここに第二期を刊行する運びになったが、その一巻「宮沢賢治」の執筆者岡田純也君は、学部論文として宮沢賢治、修士論文も児童文学資料研究と一貫して児童文学研究に専念し、現在、京都女子大学で児童文学を講じている。

学界でも幾つかの研究を発表しているが、その力量の一端は第一期の『佐藤春夫』にも示されている。

宮沢賢治については私も思い出がある。

昭和十四、五年頃、私もその伝記を書きたくて花巻を旅し、羅須地人協会あとや、農学校や小岩井牧場をたずね、また宮沢家を訪れた。令弟から「春と修羅」をおくられたが、ついにその執筆の望みは果たしえなかった。「春と修羅」は現在稀覯本となっているが、本書ではその本を写真にすることができた。

こうした二十余年前の私の望みが、私の研究室にある岡田君によって、その後多く出た資料をよくさばき、自らの解釈を加えてこの手頃の本となったことは、まことにうれしいことである。

宮沢賢治研究は、おびただしく出ているが、かつては詩を中心に見ていたこの筆者は、その後の児童文学の面の考察を加えて、その全貌を眺め、その生涯と文学をよくこの内容に充実させてくれているのである。

福田清人

目次

第一編　宮沢賢治の生涯

陸奥の少年時代――賢治文学の母胎――……八

懐疑と絶望に誘われて――文学的出発――……三一

あらゆる生物の幸福を索めて――膨張する心象世界――……四九

心象スケッチの開花――詩人の自負――……七〇

献身と奉仕の中で――農村救済に奔走――……一〇二

夢は枯野を――狂おしく調和を求めて――……一三五

第二編　作品と解説

短　歌……一四六

無声慟哭……一五六

小岩井農場……一六三
和風は河谷いつぱいに吹く……一六七
ひとひはかなく……一七一
雨ニモマケズ……一七三
銀河鉄道の夜……一七五
グスコーブドリの伝記……一八七
風の又三郎……一九五
かしはばやしの夜……二〇一
年　譜……二〇六
参考文献……二〇九
さくいん……二一〇

第一編　宮沢賢治の生涯

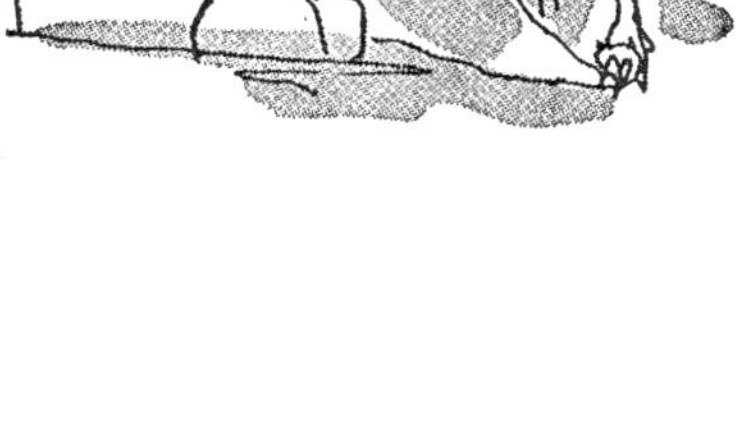

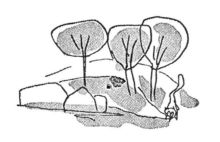

陸奥《みちのく》の少年時代

―賢治文学の母胎―

けふのうちに
とほくへいつてしまふわたくしのいもうとよ
みぞれがふつておもてはへんにあかるいのだ
（あめゆぢゆとてちてけんじや）
うすあかくいつそう陰惨《いんさん》な雲から
みぞれはびちよびちよふつてくる
（あめゆぢゆとてちてけんじや）

しばしば高等学校の教科書にもとられる宮沢賢治の代表的な詩「永訣の朝」の冒頭である。大正十一年十一月、愛する妹としを失った悲しみが歌わせた作品である。冬の早い東北農村の自然の雰囲気の中で、臨終の妹を見る賢治の境地が、宗教的なまでに高められて歌いあげられている。はげしい熱と苦しい息づかいの間から、あえぎあえぎ言うのであろう妹の「あめゆぢゆとてちてけんじや」（雨雪をとって来てくださいの意）の花巻方言のリフレエンが、はっとするような美しさをこの詩に与えている。賢治二十六歳の時の作品である。

現在詩人として、童話作家として、最もポピュラアな存在といってよい賢治であるが、生前には詩集『春と修羅』、童話集『注文の多い料理店』の二冊を自費出版しただけの花巻の不遇な無名作家でしかなかったのである。

四次元世界で主張

賢治は自分の詩を「心象スケッチ」と言ったように、心に写る森羅万象《しんらばんしよう》を記録したものがかれの詩であった。レトリック（修辞学）に拘泥《こうでい》しない独創的な心象スケッチ集『春と修羅』の序を賢治は次のように記している。

わたくしといふ現象は
仮定された有機交流電燈の
ひとつの青い照明です
（あらゆる透明な幽霊の複合体）
風景やみんなといつしよに
せはしくせはしく明滅しながら

いかにもたしかにともりつづける
因果交流電燈の
ひとつの青い照明です
（ひかりはたもち　その電燈は失はれ）
（以下略）

アインシュタインやミンコフスキーの物理学を底にひめたこの序は、賢治の作品が時間空間を超えた死後、世に迎えられたことを考えると何か象徴的な感じさえする。序にはさらに、

心象や時間それ自
身の性質として
第四次延長のなか
で主張されます

とも記されている。

賢治は三十七年の短い生涯をとじる間、ほ

宮沢賢治家の家系図

宮沢右八（祖々父）
〃りす子（祖々母）
　―宮沢喜助（祖父）
関善七（祖々父）
　―〃きん（祖母）
　　―宮沢政次郎（父）
宮沢弥太郎（祖々父）
　―宮沢善治（祖父）
橋本喜助（祖々父）
　―〃さき（祖母）
　　―〃いち（母）
　　　―**賢治**（長男）
　　　―とし（長女）
　　　―しげ（次女）
　　　―清六（次男）
　　　―くに（三女）

とんど無名のまま、一地方的存在であるにすぎなかった。自費出版された詩集と童話集も、数人の詩人たちをのぞけば、ほとんど中央の文学者たちの目にふれる機会さえ持たなかったのである。ところが死後、年を経るごとに評価が高まり、数度の全集の刊行などによって賢治の文学にふれた人々は、その作品の清新さ、その未知の文学者のたぐいまれな才能に驚かされたのであった。そしてさらに「雨ニモマケズ」の詩が教科書に採用されるに至って、不遇な求道的な生涯とそれにまつわる数々のエピソードとが、賢治を神話的存在と言えるほど有名にしてしまったのである。

商人の家系

賢治は明治二十九年八月二十七日、岩手県稗貫郡花巻町鍛治《かじ》町（現在花巻市）の母親いちの実家宮沢善治家で生まれた。母は、タバコ、砂糖、塩などの販売によって巨万の富を築いたといわれる宮沢善治の長女である。賢治の父親宮沢政次郎は、同じく花巻町の豊沢町で当時質屋兼古着屋を営んでいた。賢治は政次郎、いちの長男である。

宮沢家の始祖は、十七世紀の終わりごろ、京都から花巻へ移り住んできた藤井将監と言われているが、この人物については明らかではない。ただ明治維新ごろ、藤井姓から宮沢姓に改め、その子孫たちは花巻附近で呉服商や大工となり、しだいに富を蓄えていったということである。この呉服商の系統で宮沢姓を名乗ったのが宮沢右八で、家系図の賢治の祖々父はその二代目にあたる。

この二代目右八は、相当手広く商売を営み、見かけより金持ちであるということで、土子《つちこ》金持ちと言われたそうである。右八の妻のりす子も花巻ではかなりの家柄の娘であった。賢治の祖父喜助は右八の三男で豊沢町に分家したのだが、本家の衰運の影響を受けてわずかな古着を並べ、かたわら細々と質屋をやるという有様であった。その妻きんは、名高い岐阜の刀工関孫六を祖先に持ち、日詰町（現在紫波町）で呉服商を営み、豪勢な暮らしをしていた関善七を父に持った。この善七は遊芸に長じていた。またその息子の善次郎も和歌、俳諧をはじめ碁や将棋をたしなみ、さらに話術の巧みなおもしろい人物であったようである。賢治は、この関家の善七、善次郎に流れる血を多く受けついだのかもしれない。

次に母方の家系を見てみると、祖々父弥太郎、祖父善治ともに商才にたけ、着実に富を蓄積していったが、前にも触れたように、ことに善治は一代に巨万の財産を築いたという。この善治の妻さきは商人橋本家の出で、人助けをしたこともたびたびある情深い性質の婦人であった。

「私はこの郷里では財ばつと云はれるものの社会的被告のつながりにはいつてゐるので、目立つたことがあるといつでも反感の方が多く、じつにいやなのです。じつにいやな目にたくさんあつて来てゐるのです。財ばつに属してさつぱり財ばつでない人くらゐたまらないことは今日ありません。」

これは郷土の詩人である友人の母木光（儀府成一）に昭和七年六月に宛てた賢治の書簡の一節である。花巻のブルジョワ階級と目される古い商人の家系の中で育ち、後年トルストイの影響を強く受け、また社会主義にも敏感に理解を示した賢治が、自己を社会的被告としてとらえた感想である。

大正十五年、花巻農学校の教職を辞し、花巻郊外で農耕自炊の生活に入り、羅須地人協会を開いて自ら農

現在の花巻駅

民となって農村開発に乗り出したことや、究極至りえた「雨ニモマケズ」の思想の背景に、当然宗教と密接した考察が必要であるが、賢治の家系に対する被告意識が強くはたらいていたものであった。

母木光宛の書簡にある「いやな目」は、唯一の公刊詩集である『春と修羅』やそれの続編である二集、三集の「春と修羅」詩編に表われている。また童話では商業主義やブルジョアジイに対する諷刺として「注文の多い料理店」や「なめとこ山の熊」や「オツペルと象」等に描かれているように、こうした問題に対しかなり敏感な反応を見せてもいる。

父・母

賢治の父宮沢政次郎は、伝統ある家系から商人としての堅実な美風を受けついだ実直真摯な人柄であった。

仏教に深い関心をしめし、花巻仏教会等をつくったり、読書、思索にふける求道の人であった。後年賢治に宗派の相違

父

母

から改宗を勧められたりなどしたが、賢治の仏教に対する深い造詣《ぞうけい》はこの父の影響を退けて考えることはできない。

父よ父よなどて舎監《しやかん》の前にして
かのとき銀の時計を捲《ま》きし

賢治は明治四十四年一月、盛岡中学校二年の終わり頃から短歌の創作をはじめたのであったが、この作品は明治四十二年四月、父に伴われて盛岡中学校寄宿舎に入舎した時を回想してその印象を詠《よ》んだものである。この短歌には詞書《ことばがき》がつけられている。

「舎監室にて父大なる銀時計を出して、一時なりと呟《つぶや》けり」

息子を名門中学に入れることのできた父親の得意さ、その父に対する賢治の反発と恥じらいとが少年らしい潔癖さでよく表現されている。ここに現われているかぎりでは賢治の父は豊かな商人としての印象が強い。

学校の志望はすてん
木木のみどり
弱きまなこにしみるころかな

大正三年三月、賢治は盛岡中学校を卒業したが、父の反対にあい上級学校進学を断念する。そして以前から気にかかっていた肥厚性鼻炎手術のため岩手病院に入院した。ところが折あしく発熱し発疹《はっしん》チフスの疑いを持たれ、引き続き二ヵ月入院することとなる。この短歌はその入院中に作られたものである。

盛岡中学校の卒業生たちは、それぞれ東京の一高へ、あるいは仙台の学校へと夢をふくらませながら進学していった。それらの友人たちを見るにつけ賢治の胸はしめつけられる。中学入学の時さえ賢治の祖父は反対意見であったのだから、それ以上の上級学校進学には父とともに激しく反対した。根っからの商人である祖父と父は当然のように、質屋兼古着屋の家業を長男の賢治につぐようにおしつけたのである。

ちょうど賢治は、大正二年に盛岡の北山にある願教寺での*島地大等《しまじだいとう》の法話や同じ北山の報恩寺の尾崎文英《おざきぶんえい》のもとでの参禅《さんぜん》、あるいは帝政ロシア末期の知識階級と農民の姿を描いたツルゲーネフらのロシア文学の耽《たん》

*島地大等　盛岡の願教寺の住職、諸大学でも仏教を講じた僧侶で、主著に『仏教大綱』『思想と信仰』等がある。

読《どく》などによって、しだいに人生観、社会観を形成しはじめた時でもあり、自我がふくれあがり、家業に対しても疑問を持ちはじめてもいたのである。

また時代は大正デモクラシーの波をむかえてもいた。

しかし、やはり地方の商家の子弟はふつう小学校を出るくらいがせいぜいよいところで、己れの意志を貫ぬくことはまれで、家の意向に従う場合が多かったようである。賢治もまたこの時は父の意にさからいながらも、忍従を強いられたのであった。

ここに掲げた短歌には賢治の感傷的な悲哀が歌われているのだが、同じ時に作られた一連の作品群の中には父との「いさかひ」や、ついには自殺まで考える賢治の激しい絶望感が歌われてもいるのである。

後に賢治の父は花巻の民生委員、調停委員を長くつとめ、八百件もの紛争をまとめたということで藍綬褒章を受けるほどの誠実で怜悧な知識人であるが、これら短歌から推察するならば、看病に来て息子の希望を黙殺することができずに「いさかひ」をするほどの子煩悩《ぼんのう》であり、また保守性のまさった人物であると言うことができる。

賢治の文学の出発が短歌によってはじまり、その短歌に父に対する反発、家に対する反駁が描き出されていることは非常に興味深いことであり、またそれが賢治の後年の文学を決定づけたかのような印象をも受けるのである。しかし、賢治の短歌がそれらの反発や批判を押し進める形で現われたのでなく、挫折や逃避として一つの調和を表わしていたように、父のすべてを否定的に受けとめたのではなく、父の性格や教養が後年の賢治の作品、人柄の上に多くの影響を与え、それが実に賢治文学の限界を示す理由の一つともなっているのである。

母いちは、暮らし豊かな善治とさきの間に生まれ、母の美質を受けついだ明るい慈悲深い人であった。

　あすの朝は夜あけぬまへに発《た》つわれなり
　母は鳥の骨など煮てあり

盛岡中学時代の作品である。優しい母の姿がよく表わされている。

「おとうさんは、きびしいたちでしたが、おかあさんは、いつでもにこにこ笑つてゐる、しづかなやさしいおかあさんでした。やさしい中にも、どこかに、おどけたところもあつて、賢治さんがおとうさんにしかられてゐるときなどは、何かおどけたことをいつて、おとうさんのおいかりをやはらげました。（中略）厳父、慈母といふことばがありますが、賢治さんのおとうさんおかあさんは、さういふ人たちでした。」

これは賢治の詩友であった森荘已池《もりそういち》が少年読物として書いた賢治の伝記『宮沢賢治』の一節である。厳格な父とあたたかい母の愛情の中で賢治は成長していったわけである。

母といえば賢治の童話作品には、しばしば愛情あふれるばかりの母親が登場するが、あるいは実際の母をモデルとしていたのかもしれない。作品編でとりあげる童話「なめとこ山の熊」は宗教的な美しい熊捕りの物語であるが、その中に際立《きわだ》って美しい母子熊の会話があるのでここに引用してみる。熊捕りの名人小十郎《こじゅうろう》がまるで後光のさしたような母子熊の姿を見て、鉄砲を打つことができずに見ほれているところである。

「『どうしても雪だよ。おつかさん。谷のこつち側だけ白くなつてゐるんだもの。どうしても雪だよ。おつかさん。』すると母親の熊はまだしげしげ見つめてゐたがやつと言つた。

『雪でないよ。あすこへだけ降る筈がないんだもの。』

子熊はまた言つた。

『だから溶けないで残つたのでせう。』

『いいえ、おつかさんはあざみの芽を見に昨日あすこを通つたばかりです。』

（略）しばらくたつて子熊が言つた。

『雪でなけあ霜だねえ。きつとさうだ。』ほんたうに今夜は霜が降るぞ、お月さまの近くで冑《コキエ》もあんなに青くふるへてゐるし、第一お月さまのいろだつてまるで氷のやうだ、と小十郎はひとりで思つた。

『おかあさまはわかつたよ、あれねえ、ひきざくらの花。』

『なあんだ、ひきざくらの花だい。僕知つてるよ。』

『いいえ、お前まだ見たことありません。』

『知つてるよ。僕この前とつて来たもの。』

『いいえ、あれひきざくらでありません、お前とつて来たのはきささげの花でせう。』」

北　上　川

息づまるほど美しい母子の会話ではないだろうか。もちろんこの会話が賢治と母のそれであると考えるのは大きな飛躍である。しかし、一生独身を通しただけに接した女性も肉親を除くとほとんどなかったことを考えると、この会話に賢治の母親が投影されていると考えても、さして不思議でないように思えるのである。

昔話の宝庫

賢治の生地花巻は、北上川流域にできた北上盆地の一画にある。江戸時代、元禄の頃に俳聖松尾芭蕉が奥羽北陸を漂泊の旅を続け、その紀行を『奥の細道』としてまとめたが、藤原氏三代の栄華の跡をとどめた平泉に立ち寄った際の一節に「北上川南部より流るゝ大河也《なり》」と、大河北上川を見た感懐を述べている。

北上川は岩手県と秋田県の県境に源を発し、岩手山麓から小岩井農場を抜け、途中猿が石川・衣川などが合流して豊かな水量を誇る大河となって宮城県石巻湾に注ぎ込んでいる。花巻はその中流にあり、大正時代には人口約六千人（現在六万）の小都市であった。

盛岡中学での十年先輩にあたる石川啄木は花巻からほど近い岩手郡玉山村に生まれた歌人であるが、故郷を捨て異郷をさすらいながらも終生岩手の風土を忘れることはなかった。

やはらかに柳あをめる
北上の岸辺目に見ゆ
泣けとごとくに

異郷にあって故郷をしたうノスタルジアが歌われているのだが、たしかに「柳あをめる」と歌われるように山林の多い美しい陸奥《みちのく》の風土である。

遠く北に南部富士とうたわれるなだらかな裾野《すその》を持った岩手山が秀麗にそびえ、東の北上山脈、西の奥羽山脈の間をぬって北上川が両岸の田

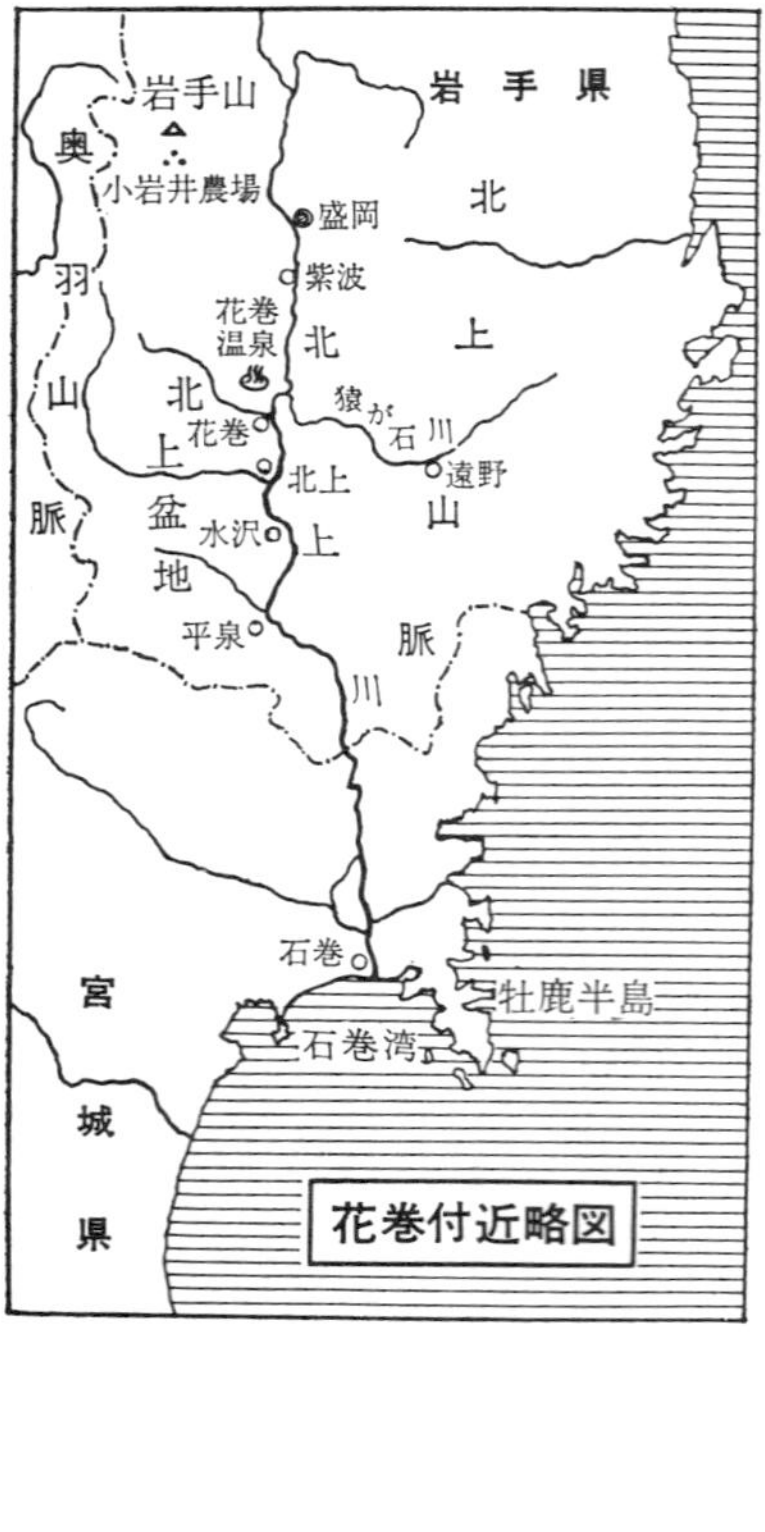

花巻付近略図

畑をうるおしながら流れていく。賢治はこうした景観をどのように見ていたのであろうか。

終生そこから離れることをしなかった賢治はこの郷土陸奥《みちのく》をイーハトーヴォ（理想郷）と名づけていた。生前の唯一の公刊童話集『注文の多い料理店』の新刊案内において次のように説明している。

「イーハトーヴォは一つの地名である。強《し》ひてその地点を求むるなれば、それは大小クラウス達の耕してゐた野原や、少女アリスが辿つた鏡の国と同じ世界の中、テパンタール砂漠の遙かな北東、イバン王国の遠い東と考へられる。実にこれは著者の心象中にこの様な状景を以て実在したドリームランドとしての日本岩手県である。」

このように賢治の心象には、アンデルセンやルイス・キャロル*やトルストイの童話の世界に登場する何か神秘的な夢を持ったユートピアとして写っていたのである。そして賢治の数々の童話はこのユートピアの上に築かれていったのであった。たとえば童話「ポラーノの広場」の中では、仙台はセンダート、盛岡はモリーオ、塩釜はシオーモという風に夢のように楽しく描きだされている。

賢治の目にこのように幻想をそそる楽しい風土として写った岩手県は、また昔話、民話の宝庫とも言われ、多くの物語が発掘されてもいる。民俗学者柳田国男《やなぎだくにお》**は『遠野物語』として、小笠原謙吉は『紫波郡昔話』として数々の昔話を採集し、発表している。つまり古くから童話の国としての特質をこの地方は十分に備えていたことになる。作品編において詳述するが、賢治の童話には陸奥《みちのく》の昔話の大きな影響がみとめられる。

* ルイス・キャロル（一八三二—一八九七）イギリスの童話作家。主著に『ふしぎの国のアリス』『鏡の国のアリス』。

** 柳田国男（一八七五—一九六二）日本民俗学の創始者であり確立者の一人である。主著『桃太郎の誕生』『口承文芸史考』など。

こう書いてくると、いかにも賢治が豊かな自然の中で、その楽しさや美しさを謳歌していたように受けとられてしまうかもしれない。ちょうど啄木がノスタルジアとして限りなく美しい土地と見ていたように。冬の長い、農耕には不適な日本のチベットと言われる岩手県である。決して賢治が郷土岩手を手ばなしで肯定していたわけではない。それどころか賢治の人間形成が進むにつれ、思想の成長につれ、日本のチベットと言われる郷土の影の部分がしだいに彼の心をとらえていった。

日でりや真夏にさえ冬のような寒冷の心配のある恵まれない冷酷な気候に接するにつけ、周辺の貧しい農民たちに深い同情を持つに至り、後には盛岡高等農林学校で受けた技術のすべてを肥料設計や稲の品種改良にかけて、農民と共にくわを持ち農民を指導して行くのである。童話「グスコーブドリの伝記」では、異常寒波のおしよせた夏に技師グスコーブドリが犠牲となって火山を人口的に噴火させ、イーハトーヴォの農民を救うのである。自然さえも変革しようとする賢治の態度がはっきり示されている作品である。

「昨日まで丘や野原の空の底に澄みきつてしんとしてゐた風が、今朝夜あけ方俄かに一斉に斯う動き出して、どんどんどんどんタスカロラ海溝の北のはしをめがけて行くことを考へますと、もう一郎は顔がほてり、息もはあはあとなつて、自分までが一緒に空を翔けて行くやうな気持ちになつて、大急ぎでうちの中へはいると胸を一ぱいはつて、息をふつと吹きました。

『あゝひで風だ。今日は煙草も粟もすつかりやらえる。』と一郎のおぢいさんが潜《くぐ》りのところに立つて、じつと空を見てゐます。一郎は急いで井戸からバケツに水を一ぱい汲んで台所をぐんぐん拭きました。」

これは賢治の死後映画化までされた童話「風の又三郎」の一節であるが、一郎とおじいさんの風に対する態度がそれぞれちがって描き出されていて興味深い。突然風のようにやって来た風の又三郎が、風と雨が荒海のように荒れくるう夏の終わりのある一日、また風のように去って行った場面である。一郎の躍りあがるような楽しい興奮に比べて、農民であるおじいさんのなんと現実的な危惧《きぐ》であろうか。

前に掲げた『注文の多い料理店』の新刊案内に述べられているように、賢治の童話は『春と修羅』同様、ある時の心象のスケッチである。「風の又三郎」の中に描かれた自然に対する対立的な矛盾を持った態度は、その時の賢治の心象をよぎったものに他ならない。賢治の童話の大正期に作られたと考えられる作品には、前の「グスコーブドリの伝記」の自然変革にまで至らないで、ちょうどこの「風の又三郎」に示されたように賢治の二つの態度が並立して現われているのである。

このように自然に対する態度も、賢治の思想の変化、成熟につれて推移していくのである。

宗教的雰囲気

賢治の生まれた明治二十九年には記録的な大津波が三陸海岸を襲い、青森県八戸一帯は死者二万余、農作物全滅という惨事があった。後年の賢治の生涯を考えると何か象徴的な感じさえする。

経済的にも恵まれた愛情豊かな家庭の中で賢治はすくすくと成長していくのだが、幼年時代の家庭環境でことに興味をそそられる点は、政次郎と政次郎の姉である賢治の叔母やぎとのかもし出す宗教的な雰囲気である。父については前に触れておいたが、この叔母も熱心な信心家で、朝夕家人と共にとなえる白骨《はっこつ》の御文《おふ》章《み》や正信偈《しょうしんげ》を、かわいがっていた賢治のために子守歌がわりに歌って聞かせるというほどであった。正信偈とは親鸞の作った仏の功徳《くどく》をたゝえる讃美歌であり、白骨の御文章は蓮如上人の文章で、朝《あした》に生まれ夕《ゆうべ》には死んで白骨と化してしまう人間のはかない運命を説いたものである。賢治はこの二つを幼い耳に聞き覚えてしまい、三歳の頃は家人に交って、意味はわからないながら仏前で暗誦したという。

幼年時代の賢治（妹としと共に）

六歳の時、賢治は赤痢を病んで入院したが、父母の看病あつく二週間ほどで退院することができた。この時子煩《こぼん》悩《のう》の父は看病のかいあまってか感染してしまい、このために胃腸を弱くし、生涯苦しめられたという。

優等生

明治三十六年、賢治は元気に花巻町立花巻川口尋常小学校に入学した。当時花巻町は花巻町、花巻川口町、根子村の二町一村に分かれており、小学校もそれぞれ一校づつ花巻小学校、花巻川口小学校（後に花城小学校）、根子小学校があり、対抗意識が旺盛であった。入学時には色白のごくおとなしい生徒であった賢治も、活発な友だちに取り囲まれているうちにしだいに活動的な少年へと成長していったのである。

明治三十八年、賢治が二年生の時に日露戦争がおこり、その余波は東北の田舎町にも及んできた。花巻の町からも出征する人々があった。賢治たちの遊びの中にも、いつのまにか勇ましい騎馬戦や雪合戦などが取り入れられるようになった。

賢治は後年の童話作品に、たとえば「ありときの子」のありの兵隊や「月夜のでんしんばしら」の「ドッテテドッテテ、ドッテテド」と軍歌を歌いながら行進する幻想的な電柱たちとして、兵士を勇壮で親しげな存在として登場させているけれど、この軍人に対する無心な親密さは、おそらくこの幼年期の印象につちかわれているのであろう。花巻の近くには軍馬を供給していた小岩井牧場があり、軍人を見る機会も多かったであろうし、幼年期の心理として勇壮な軍服姿になにやら憧憬めいた気持ちを抱いたであろうことも充分想像できるのである。

三年生の時、後年の賢治の童話創作に大きな影響を与えたと考えられる、当時十九歳の八木英三が賢治のクラス担任を受け持ったのである。授業中、いろいろな話を生徒たちに夢を抱かせるように童話風に聞かせてくれた。

奥羽山脈と北上山脈にはさまれた内陸に生まれた賢治はまだ海を見たことがなかったのだが、この八木先生の「海に塩のあるわけ」などの話を通して未知の世界への空想を羽ばたかせたものである。賢治の豊かな空想はその作品のすべてに豊かすぎるほどみちあふれている。生来空想力の強い賢治が、ほんの少しの刺激をモティーフとして飛躍的に大きな幻想の世界を築きあげていったことであろう。

もちろん、賢治の童話との出会いはこれが初めてでなく、当時は巌谷小波*のお伽噺を愛読しており、小学校の行き帰りなどに友だちに「むかし或る国に」などで始まる話を聞かせることもあった。巌谷小波は「おとぎのおじさん」と日本中の子供たちに親しまれたお伽噺作家で児童文学史の上では近代的児童文学の創始者と言われており、明治時代に幼少時代をすごした人の多くがそのお伽噺を愛読していた。小波のお伽噺は創作や日本の昔噺の再話もかなりあるが、多くは外国童話の翻案である。賢治の童話には前出の『ふしぎの国のアリス』、アミチスの『クオレ』、アンデルセンやトルストイの作品など外国児童文学の影響が見られるが、少年時代に愛読したものが小波だったことも興味深いことでもある。

小学校時代の賢治の学業成績はかなり優秀であった。同級に佐藤金治、小田島秀治それに賢治と治のつく生徒が三人いた。この三人は三治と呼ばれ、共に成績が良かった。当時の通信簿は甲乙丙が記入されるだけで、成績順位もなく、学級委員を選ぶというような習慣もなかったので、賢治が一番であったかどうか不明であるが、この三治がそろって学年末には成績優等の賞を受けていたということである。

* 巌谷小波（一八七〇—一九三三）小説家、お伽噺作家。主著に『世界お伽噺』『日本昔噺』等。

前の八木先生の思い出によると、四年生の際、「立志」という題の綴方を書かせたところ賢治は「おとうさんのあとをついで、りっぱな商人になります」と書いたそうである。盛岡中学時代になると、前に引用した銀時計の短歌に示されたように、しだいに父親や家業の質屋に対して批判を持つようになるのだが、小学校時代の賢治は周囲の環境をすべて肯定的に受容する、まだ自我の芽の現われない模範的な少年だったのである。

家人と共に、父を中心として開かれる仏教講話会や、家の菩提寺*での報恩講**などに行儀よく正座して耳を傾けたり、毎朝となえる讃美歌などの家庭内における仏教的雰囲気の中で静かな大人びた印象を与えたりという風に、怜悧《れいり》な少年として周囲の人々の目に写っていたようである。

小学校時代のエピソード

明治四十年、四年生で尋常科を卒業すると、ちょうど尋常小学校の修業年限を六年、義務教育をこの六年間とする小学校令の改正があり、賢治は引き続いて五年生となった。そして明治四十二年、十三歳で小学校を卒業する。卒業時にも賢治は成績優等の賞を受けている。

家庭内、学校内で静かな落ちつきのある模範的な少年時代をすごした賢治だが、友人たちの交わりの中ではどうだったのであろうか。賢治の小学校時代のエピソードもかなり喧伝《けんでん》されているが、その三つばかりを

＊　菩提寺　代々の位牌《いはい》をまつる寺。だんな寺。
＊＊　報恩講　信徒が集まって仏への恩に報いる法会《ほうえ》。

ここに紹介しておくことにする。

友だち数人とバッタ遊び（メンコ）をしていた時のこと、一人のメンコが荷馬車の轍《わだち》の下へころがり込みそうになった。そこでその少年は急いで荷馬車の下へかけこんでとろうとしたところ、無惨にも人差指が車輪にひかれてしまった。血潮はあふれるばかりである。これを見た賢治はとっさにその少年の指を自分の口にくわえ込み、ふき出る血を吸ってやったのである。

またある時、腕白な生徒が廊下に立たされて体罰として水をたたえた茶碗を持たされているのを、通りがかった賢治が見つけ同情心からこぼれそうになっている茶碗の水を飲んでしまった。

また赤シャツ事件というのも伝えられている。これは当時珍しかった赤シャツを着て学校に来た少年が、たちまちにみんなに取り囲まれ、はやされていた時、思い余った賢治がみんなの輪の中に飛びこんで、自分も赤シャツを着てくるからいじめないでくれと頼んだという事件であった。

この三つの逸話に共通するのは身を捨てて友人を救う賢治の姿である。それが理屈によってなされたのでなく、とっさに本能的に行なわれたということである。

後年の詩作に賢治の捨身の姿が浮き彫りされているものもあり、童話「グスコーブドリの伝記」のように主人公が身を犠牲にして人々を救う話もある。また実生活の賢治の行動にも農民のために身を粉にしてつくしたと考えられる点も少なくない。しかしこれら小学校時代の逸話は、そうした後年の賢治の姿を強調するために、かなり誇張して伝えられているふしがある。

たとえば、賢治の友人を始めとする多くの宮沢賢治の伝記があるが、そのそれぞれの賢治伝の中のこうした逸話が、多少の程度はあれおのおのが相違していること、またある賢治伝などには、賢治がさつまいもが好きで、さつまいもを買って来てくれとせがんだ話などがほほえましいエピソードとして伝えられているなどは、逆説的に考えると賢治の人間像をより理想化していると考えられてくるからである。

アラユルコトヲ
ジブンヲカンヂャウニ入レズニ

賢治の死後、彼の愛用していた未発表原稿のいっぱい詰っていた大トランクの内ポケットの中から発見された、一躍有名になった賢治の手帳に記されていた詩「雨ニモマケズ」の一節であるが、この詩に描かれた私利私欲の一片もない東洋的な哲人の姿に、賢治の思想の頂点を見た人々がその生涯のすべてをこの思想を通して眺めようとしたわけである。

これらの少年時代のエピソードに被《かぶ》せられた誇張された神秘的なヴェールをはぎとったとしても、いかにも少年らしい正義感ある優しい賢治の姿はしのばれてくる。

このように学校内、家庭内、友人間で賢治はすぐれた素質を持った少年であったことを知ることができる。

また、盛岡中学在学中に激しくなった鉱物採集熱は、すでに小学校四年生頃にその芽生えが見られる。「石こ賢さん」と家人に呼ばれるほど鉱物好きであったという。また、昆虫の標本づくりなどにも熱中したこともあったらしい。おそらく近辺の山野に足を伸ばして、自然とともに遊び、後年の賢治の文学にある東北の自然に対する清新な感覚や愛情をひそかにあたためていたことであろう。

懐疑と絶望に誘《いざな》われて

――文学的出発――

盛岡中学

賢治の祖父は、家をつぐべき長男賢治の中学進学に反対であった。それだけに三倍強の競争率を突破して名門盛岡中学校に入学できた賢治の喜びは大きかった。当時の岩手県には盛岡、福岡、遠野、一の関の四中学しかなく、中でも盛岡中学は明治十三年開校の古い歴史を誇る県下随一の名門中学であった。賢治は四百五十余名の受験者の中から合格した百三十四名の新入生の一人となったのである。

当時の盛岡中学は、明治時代の立身出世主義教育思潮の例にもれず、軍人や政治家志望の生徒が多く、海軍大将をつとめた米内光政《よないみつまさ》や三菱重工社長となった郷古潔《ごうこきよし》は賢治の十幾年前の先輩である。明治末年は、素朴な国民感情であったロシア打倒の宿願が日露戦争によって果たされ、一方では急激に資本主義が発達し、国粋意識が隆盛をきわめ、他方ではそれらに疑問や幻滅を感じ社会主義思想や世紀末的な頽廃が頭を持ち上げてきた時代であり、盛岡中学もその余波を受け数人寄れば国家を論ずる肩をいからせた硬派と個人主義的な文学の世界に身を寄せるボヘミアン型の軟派の生徒たちがひしめいていた。もっともこの二つのタイプが一人の中に同居している場合が普通であるが、後に文学者となった賢治の先輩には国語学の権威となった金田《きんだ》一京助《いちきょうすけ》や『銭形平次』の大衆小説家野村胡堂《のむらこどう》や中途退学した石川啄木等がいる。

賢治は入学と同時に黒壁城と呼ばれる寄宿舎に入った。入舎の事情は前掲の父の銀時計の短歌によって知ることができる。

後に岩手県知事となった上級生の阿部千一が室長をつとめる一室で、賢治は規則正しい生活をおくることになった。

キシキシと引上げを押しむらさきの
石油をみたす五つのラムプ

二年生の終わるころ賢治が寄宿舎入舎当時を回想して歌った作品である。寄宿舎では新入生がランプ掃除、石油入れの仕事を与えられていた。盛岡市内は既に電気が灯っていたが寄宿舎はランプ生活であったらしい。賢治のランプを題材とした短歌はその他数首あるが、当時の同室の友人たちの思い出によると、賢治はことにまめにランプ掃除の責務を果たしていたという。小学校時代からの真面目な態度が目に見えるばかりである。

岩手山

鉱物採集

賢治の鉱物採集熱は冷えるばかりか、学校自体がなかなか植物・鉱物の採集に熱心なのに水を得て、ますます激しさの度を増していった。二年生の時に南部富士の秀麗な山肌に最初の足跡をしるしてもいる。鉄棒にぶらさがるだけでさえ容易でなかった体育の苦手な柔弱な感じのする賢治であったが、登山となると人に負けない健脚ぶりを見せたものである。これ以後学生時代だけでも数十回の登山を単独でこころみている。

岩手山は盛岡市の西北にある富士山型の美しい裾野を持つ海抜約二千メートルのコニーデ式火山で、大小四つの火山湖を持ち、享保四年（一七一九年）の噴火による溶岩流は特別天然記念物にさえ指定されており、鑑賞にも学術研究にも好適のものであった。

いただきの焼石を這ふ雲ありて
われら今立つ西火口原

岩手山頂に立った賢治の喜びのみちた作品である。焼石は噴火の時に火砕流をあびた石である。

この当時の賢治の文学活動のごく初期の短歌には、後年の『春と修羅』の科学物理用語の駆使をしのばせるようなものはまだほとんどなく、せいぜい「アルカリ色の雲」とかの二、三の表現にとどまっており、多くは樹木類は木として、鳥類は鳥として未分化のまま情緒的な表現がなされている。

ずぼらな学生　小学校時代は優等を通してきた賢治も、県下の俊才の集まった盛岡中学での成績はかんばしいものではなかった。卒業するまで平均して中位またはそれ以下であった。学業成績のすぐれないことが賢治をますます植物・鉱物の採集や登山や文学書の耽読へと向かわせていったようである。教師や生徒間にはずぼらな学生としての印象を与えるようになっていった。

四年生の時、上級生が率先してはじめた寄宿舎の舎監、背骨を折った為に杖をついて歩く佐々木慶造の排斥運動に賢治も一役買わされた。その結果、舎監は退職の憂き目にあったが、賢治もその年の操行点が落第点丙となり、学年九十一人中七十七番に転落させられる。顔色の白い柔弱な怠惰な学生として学校側にとっては好ましくない者に思われていたようである。

後年のノートに賢治はこの舎監を思い出して次のように記している。

かの文学士なぞさは苛めそ
家には新妻もありてわれらの戯れごとを心より憂へたり

なれらつどひて石投ぐるとはなんぢにはたはむれなれどもわれには死ぞといひしとき口うちつぐみ青ざめて異様な面をなせしならずや

前に書いた二つの学生のタイプからすると賢治は軟派型に属する。ところがこの事件では他のバンカラ学生に同調して、賢治に通ずるものさえ持っていたであろう病身の舎監を追い出している。小学校時代にあったエピソードの数々とはまるで異質の行動をとっている。このノートのメモはその反省の記であったのであろう。

寺院生活

寄宿舎騒動によって賢治たち四・五年生は退去を命じられた。賢治は父にだいぶ叱られ、北山の寺院、曹洞宗清養院に下宿させられることになった。しかしこれが宗教的雰囲気の中で育った賢治の宗教心をよみがえらせるもとになったのである。

五年生となった賢治は、ここで中学生活の反省の場を与えられ、成績の悪いことや、家庭内での自分の評価が下落したことなどを考えるにつけ、目前の問題である進学や将来に対して不安を抱いたのであった。賢治は宗教に近づいていった。八月には北山の願教寺で行なわれた仏教講話会で住職島地大等《しまじだいとう》の法話を聞いて心を動かされた。またその後、禅宗の報恩寺住職尾崎文英《おざきぶんえい》のもとで参禅してもいる。そして坊主のように頭をそって登校するほどに賢治の心境を大きく変化させていったのである。

こうした反面、非常に興味深い一面がこの頃賢治に現われている。

賢治の父は寄宿舎入舎の際、経費の報告を逐次行なえと賢治に言い含めていたが、それを賢治が毎月忠実にかつ綿密に実行していることである。賢治が二年生の時、明治四十三年十月一日、父に宛てた手紙の一部を記してみる。

「本日御葉書拝見仕《つかまつり》候《そうろう》。皆々様御無事《ぶじ》との事誠に喜び申候。私は無事に候。九月中の決算を御報知申し候。

記　録

入九円　学費　宅ヨリ

入八十六銭　汽車賃の余《あまり》。帰省汽車賃分、くつ修繕料の余。宅ヨリ

計九円八十六銭

出一円七十二銭、今月中の小使。

予算外　内、四十銭帰省汽車賃。三十銭先学期洗濯代。

予算内　ピクニク（全部に非《あら》ず）と室張替と遠足代十九銭（発火演習代除き）の外は大体予算に同じ。

出一円十銭　岩手登山、網張一泊、旅行費

出六円八十銭　食費授業料校友会費九円六十二銭

残金二十四銭也。

但舎を五日欠食したればその分は後に払ふべしとの事、舎の則にて欠食は二日、一日分になるとの事に

つき三十銭位はこの他にあまるべく候。
小使帰省汽車賃、洗濯代―予算外―七十銭
岩手登山旅行費―予算外―一円十銭
　真の小使―予算内―一円二銭
依《よ》つて岩手山登山は植物採集にも行きたく休暇の二日続きたる為網張にも行きたく網張の宿料は三十銭ばかりなりけれどその他のじゆんびの為につい一円十銭かゝり候。
　同行者は嘉助さん、河部孝さん、私とも一人、外に青柳教諭五年の人々六名にて候ひき、合計十一人にて登り私共嘉助さん共四人麓の小屋に宿り三合目迄たいまつにて登りここにて他の柳沢にとまれる人には追付《おいつ》き日の出を四合目に見頂上に上り、御鉢参りをしてそれより網張へ下り大地ごくの噴煙の所御釜噴火口、御苗代等を経て網張に至り翌日小岩井をかゝりて帰舎仕り候。（以下略）」
まずこの書簡の緻密《ちみつ》さに驚かされる。不勉強なずぼらな少年のどこにこのようなきめの細かさが宿されていたのであろうか。科学的に分類され、細部にわたって記録されている。
　おそらく、これは伝統ある商人の家系に生まれ、なおかつ父が質屋をも営んでいたことに起因するのであろう。賢治は幼い頃から父のつける出納帳や質屋の台帳を身近に見ていたであろうし、父もまた家業をつがせるべく商人としての教育を少なからず行なってもいたことであろう。これは前に述べた小学校時代の作文に家業をつぐ意志を示したことでもわかるし、また寮生活での経費報告をせよということも裏を返せば家業を学ばせるという父の意図がうかがえるように思うのである。

しかし、ここで重要なのはその記録の緻密さの由来ではなく、まさに記録そのものにあると考えられる。後の賢治の心象スケッチと呼ぶ詩や童話は彼の心象の記録であった。更にこの心象スケッチはさかのぼれば盛岡中学時代に作られた連作形式の、まるで日記を読むように賢治の生活を知らせてくれる短歌が母胎となっているのである。そしてその短歌は石川啄木や

盛岡中学当時の賢治（前列左）

土岐善麿の影響をとどめる日常生活から出た自然主義的側面を持っていた。

ちょうど同じ時期に、経費報告の方は盛岡中学入学と同時にされたと考えられるからやや早いが、二つの記録が書き始められていた。一つは純客観的な経費報告、もう一つは叙情的感傷的な面が強いが生活的な側面を持つ心象スケッチの母胎である短歌。この二つが相互に働きかけていたことはその後の賢治の父宛の書簡、作品を考察するとおのずから現われ出ているように思うのである。書簡中に青柳教諭の名が見えるが後年賢治は二つの文語詩「青柳教諭を送る」を作っている。

希望むなしく

成績のかんばしくないまま賢治は大正三年盛岡中学を卒業することになった。賢治は上級学校への進学を希望していた。ところが中学進学まで反対した祖父や、父までもが家業である質屋兼古着屋をつぐように強力に主張したのである。

折から賢治はツルゲーネフ*などのロシア文学を読み、帝政末期の農民と知識階級の相剋を知り、ひいては家業に対して疑問を抱いてもいたのであった。賢治の家は、家系で書いたように城下町花巻を中心に、多く近在の農民を顧客として栄えてきた伝統的に保守的な商家である。既に中学入学の時、父の銀時計の短歌にあるような父に対する素朴な疑問はあったわけだが、卒業時、十七歳の賢治は家業を中心とした商業主義の

＊ ツルゲーネフ（一八一三―一八八八）ロシアの文豪、「猟人日記」「ルージン」「初恋」等がある。

持つ矛盾にさえ気づき始めていたのである。

検温器の
青びかりの水銀
はてもなくのぼり行くとき
目をつむれり　われ

友人たちはそれぞれの胸をふくらませて新しい学舎へと飛び立っていた。折しも賢治は進学志望を捨て、年来気になっていた肥厚性鼻炎手術のため岩手病院に入院したのである。大正三年四月として賢治自筆の歌稿に記されている連作歌の一首である。前に賢治の短歌は心象スケッチの母胎と見られると書いたが、厳密に言うと三行、四行、五行書きとさまざまに表現形式をまさぐるこの連作歌によってはじまるのである。形式の模索は心象スケッチの詩型へ移る過渡的な架橋ととれるし、それ自体短歌形式をはみ出す賢治の豊かな心象の発露に他ならない。

学校の
志望はすてん

木木のみどり
弱きまなこにしみるころかな

この連作歌にはことに自然主義的な自己告白的要素が濃い。求道的な生涯をすごした賢治にも、少年から青年へ移る最も感受性豊かな時期にこのように非常に哀切な魂の記録が残されているのである。

職業なきを
まことかなしく墓山の
麦の騒ぎを
じつと聞きゐたれ

若い賢治にとって家業はたえがたいものであったようである。肥厚性鼻炎の手術後、運悪く発熱し、発疹チフスの疑いがあり、賢治は引き続き入院生活を続けたが、それもどうやら回復して花巻へ帰ってきた。しかし賢治の悲しみはおさえようがなかった。たんぽぽを見ても、朝のすがすがしい河原に立っても、とめどなく賢治をおそってきた。

何とてなれ
かの岩壁の舌の上に立たざる
なんぢ　何とて立たざる

絶望は大きかった。自殺がふと賢治の頭をかすめることさえあったのである。そして更に、後年の童話「よだかの星」のよだかが祈りによって現実の苦しみを逃れて星となったように、賢治もまた天上にのぼるべく祈るのであった。

ただ遠き
夜の火にはこべ
かくわれは
よるひるそらの底にねがへり

夜の火とは星の比喩であろう。絶望が死を思わせ、更に時空を超えた四次元の世界へ素朴な願いをこめさせる。賢治の宇宙的世界、四次元的意識はこのように絶望からの逃避として素朴な現われ方をしたのである。

初恋

進学を絶たれ悲痛な心をベッドに横たえていた入院中、賢治は一人の優しい看護婦に恋するのである。看護婦は賢治と同年の十八歳、姓を木村とかいった。病中の賢治が、すがすがしい白衣の天使にあこがれたとしても当然である。

父母のゆるさぬもゆゑ
きみわれと年も同じく
ともに尚はたちにみたず
われはなほなすこと多く
きみが辺は八雲のかたに

わが父はわが病ごと
二たびのいたつきを得ぬ
火のごとくきみをおもへど
わが父にそむきかねたり

後年の賢治に、初期の短歌を原形とした文語詩がある。これは文語詩(桐の木に青き花咲き)の三連・四連である。この詩から推すとこの恋はやや発展を見せた感じもする。賢治だけの心の中でひそかにはぐくまれ、時と共に消えていったというものでない感じもする。父政次郎が賢治の死後語ったところによると、賢治はかなり早熟で、もし法華経を信仰することがなかったら、随分早く結婚していたかもしれないということだ。この賢治の初恋が何らかの形で父の知るところとなり、賢治と共に語られたこともあったかもしれない。

夏雲の乱れとぶ下
青々と山なみははせ
丘らしきかたちもあれど
君が棲《す》むまちは見えざり

来しかたは夢より淡く
行くすゑは影より遠し
けふもまた病む人を守り
つつがなくきみやあるらん

うすくらき古着の店を
ほしいままはなれ来しかば
ひとり居て祖父や怒らん
いざ帰りわびて笑はん

文語詩「丘」の三、四、五連である。やはりこの初恋は二人の間でロマンスが生まれたというようなものでないらしい。退院後はもう会うすべもなく、時折さびしげに賢治の歌の中に思い出されてくるにすぎなかった。

この清純なプラトニック・ラブを記録した短歌は数種あるが、作品編で取り上げたためにここでは文語詩編で賢治の若々しい多感な情熱を追ってみたのである。

中学卒業時の進学の断念、初恋などがこの時期を賢治の一つのエポックとして形づくったようだ。内面にあふれるばかりの思いを貯えた賢治が、自己の一瞬一瞬の生命のまたたきを、思春期の生活の歌を石川啄木の自然主義風な短歌の世界に投入していった。歌作は賢治の一瞬にして失われる心象の動きを素朴ではあったが確実に記録していったのである。

しかしながら、賢治は、出発を啄木の世界におき、批判的リアリズムへと向かうものを蔵しながらも、啄木の社会主義の方向とは異なる道へとすすんでいった。ちょうど絶望を歌った短歌が、死や四次元的世界で自我を充足主張させたように、大正時代特有の個人主義的な精神世界、感覚的世界へ深く傾斜していくのである。

法華経

古着屋の店番やら、宮沢家でしていた養蚕の桑の葉をつんだり、何やら物思いに沈んだ様子で近在の田園を歩きまわる賢治の姿に父をはじめ家族たちは、改めて賢治の将来について考えざるをえなくなった。賢治の商人にむいていないこともその頃になると父にもわかってきた。優しい母は賢治に味方をした。そして、ついに賢治を来春から盛岡高等農林学校へ進学させることにみなの考えが一致したのである。

賢治の喜びは大きかった。絶望の淵をさまよっていた賢治に奇蹟が起こったのである。前に書いた四次元世界への逃避が逃避でなくなった。四次元世界、言いかえれば夢の世界での実現の確信が実質をもって現実の中で実現されたのである。祈りは叶えられたのである。こうして賢治は自己の心象に絶対の信頼をおき、自身の心象中に形作られる四次元世界での主張は、原始心性ともいえそうな、呪術ともいえそうな、常に願えば叶えられるという調和の様相を持つことになる。そしてますます個人的世界の完成へと賢治は向かっていくのである。大正期に作られた賢治の童話「よだかの星」「シグナルとシグナレス」「オッペルと象」等はこのような世界の中で創作されたのであり、また『春と修羅』の序もこのような背景を持って書かれたのである。しかし、もちろん賢治は個人的完成の過程の中で更に変貌をとげていくのであった。

ちょうど進学がきめられた頃、賢治は、彼の一生を決定したといわれる法華経《ほけきょう》を読んだ。この経典を読み「只歓喜し身ふるひけり」と賢治は後に述懐したという。賢治の読んだものは、北山の願教寺の島地大等の『漢和対照妙法蓮華経《みょうほうれんげきょう》』であった。妙法蓮華経、略して法華経は、釈迦が出世の本意を説いた経典で、戒律を説き、無上道に入る道を教えたものである。大乗の仏典、法華経は日本では日蓮によって広く庶民間に知られるようになったもので、仏典中ことに積極性、文学性のあるものである。また賢治が最もひかれたという「如来寿量品《にょらいじゅりょうほん》第十六」は、法華経の中でも特に飛躍にみちた想像の世界が展開されたものである。宇宙的とでもいえる時間的長さや広大な空間的広がりを持つ世界が巧みな比喩によって語られている。幻想の世界が豊麗に現出している。思想的な面から考えると、端的にいって人生いかに生くべきかの真髄が説かれている。「質直にして意柔軟に、一心に仏を見たてまつらんと欲して、自ら身命を惜しまない」心境を得たものだけが、たとえ大火に身を焼かれたとしても安穏でいられるという。

こうした宗教的自覚を通して、彼の実生活から築きあげられてきた四次元意識は堅固なものとなったのである。賢治はひたすら祈るのであった。

盛岡高等農林学校進学の希望と法華経による魂をゆさぶられる程の感動とによって、賢治は見違えるように潑刺さを取り戻した。来春の受験準備のために盛岡の北山にある教浄寺に下宿を定め、文語詩に「僧の妻面膨れたる」と歌われた僧の妻の世話になりながら、中学時代の不勉強を取り戻そうと参考書に熱中するのであった。

あらゆる生物の幸福を索《もと》めて

―膨張する心象世界―

盛岡高農

大正四年、賢治は盛岡高等農林学校農学科第二部（現在岩手大学農学部）に、十一人中首席で入学することができた。同年には花巻町の才女とうたわれた妹としが、東京目白の日本女子大家政学部予科に入学している。

盛岡高農は全寮制をとっており、賢治は自啓寮の寮生となる。盛岡高農の当時の校長は散文「大礼服の例外的効果」のモデルである佐藤義朝であった。

「何と言ふこの美しさだ。この人はこの正直さでここまで立身したのだ、と富沢は思ひながら恍《こう》惚《こつ》として、旗をもつたまま校長を見てゐた。」

富沢とは賢治自身である。校長がこの佐藤義朝であった。賢治は卒業するまで特待生（学費免除）であり級長を続けるほどよく勉強もし、教師の受けもよく、賢治にとって盛岡高農は居心地《いごこち》のよい場所であったらしい。

賢治の入った農学科第二部の部長は賢治の卒業後までよく指導してくれた関豊太郎であった。関豊太郎は学生間にライオン先生と呼ばれていた風変りな言動をする烈しい性格の持主であった。学殖豊かな彼は後に

盛岡高等農林学校時代の賢治

東京農業大学教授となったが、賢治はことのほか愛された。

　賢治の趣味であった鉱物採集はもう学問の一つであった。土、日曜はハンマーを携えて盛岡近郊の山野を跋渉《ばっしょう》した。地図と星座表がバックの中に入れられていた。友人たちの回想によれば、盛岡付近に露出している岩で、賢治のハンマーに叩かれないものはなかったということである。

　　わかれたる
　　鉱物たちのなげくらめ
　　はこねの山の
　　うすれ日にして

　この短歌は一年生の時、東京、奈良方面を修学旅行し、道すがら箱根山で何かの鉱石を採取したことを歌ったものである。賢治のハンマーに砕き取られた石たちへの同情をよんだものである。擬人法といえば擬人法であるが、賢治は終生、このように人間以外のものにまで、その魂を感じている。後に記すが、あらゆる生物の究極の幸福を願っている賢治である。幼児があらゆる生物・無生物に生命を感じるように、賢治にとって擬人法は表現上の技術ではないのである。鉱物学、地質学、気象学、植物学等を賢治は熱心に学びとっていた。また机上だけでなく、実習の時間には盛岡高農の農園で自らくわを持って学んだ。

洗ひたる
実習服のこころよさ
草に臥ぬれば
日はきららかに

盛岡中学卒業時のあのうらぶれた絶望的に暗い姿はまるでぬぐわれてしまったような感じがする。自己の持つ力を充分に発揮できる恵まれた豊かな日々であった。また法華経信仰も日ましに熱を加え、あらゆる生物の幸福という理想もさらに燃えあがっていったのである。

本堂の
高座に説ける大等の

ひとみにうつる
黄なる薄明

敬愛する願教寺の島地大等のもとに足しげく通い、その法話に感動を深めていった。また早朝の誰もいない教室で、賢治が南無妙法蓮華経のお題目を朗々と唱えていたこともしばしばあったと言う。

修《しゅ》羅《ら》の記録

賢治が手帳と鉛筆とを常に携えて、その時々の心象をその場で記録しはじめたのは、盛岡高農在学中であるとされている。惜しいことにそれらの手帳は散逸して見られない。そこに記されたのは短歌ではなく詩であったということである。前に連作的な短歌を心象スケッチの母胎と書いたが、短歌創作の場合には、作られるまでにやや時間的経過があった。

もっとも理想主義的な青春期の十九歳から二十二歳までの三年間（研究科在籍期間を含めると更に二年間）をすごした盛岡高農での賢治の生活は、熱烈な法華経信仰を得て、迷いのない充実した印象を与える。

ところが、しかしなお賢治は「一生に二度とは帰って来ないいのちの一秒だ。おれはその一秒がいとしい。ただ逃がしてやりたくない」（石川啄木の評論「一利己主義者と友人との対話」）というように、まるで日記のように短歌を、更に折々の心象を手帳に詩として記録していくのである。

「宇宙意志といふものがあつてあらゆる生物をほんたうの幸福に齎《もたら》したいと考へてゐるものかそれとも世

界が偶然盲目的なものかといふ所謂信仰と科学とのいづれによつて行くべきかといふ場合私はどうしても前者だといふのです。すなはち宇宙には実に多くの意識の段階がありその最終のものはあらゆる迷誤をはなれてあらゆる生物の究竟の幸福にいたらしめようとしてゐる。」

賢治の絵「兎」

これは賢治の書簡の反《ほ》古《ご》の一部である。

法華経への熱誠を誓ったこの時期の賢治である。種々の科学は修得していたが信仰がまさっていた。賢治は生来あらゆる生物・無生物に生命を感じ、また盛岡中学卒業時をエポックとして社会との繋《つな》がりにまで心を痛め、更に法華経によって個人の世界から大きな広がりをみせ、あらゆる生物の究竟の幸福を理想としてかかげていた。理想が純粋であればあるほど、激しければ激しいほど、現実との離反は賢治にいたましい哀切の情をつのらせる。そして更に、後年、自己を花巻の財閥に属する被告的立場にいると弾劾《だんがい》した賢治である。零細農家からの搾取《さくしゅ》によって築きあげられた、自分をも含んだ家に対するコンプレックスがこの哀切をいっそうかきたたせる。

また当時の賢治が、大正六年のロシアのロマノフ王朝を倒した社会主義に深い関心を持っていたであろうことは、前の「大礼服の例外的効果」の次の一節によって明白である。

「『校長さんが仰つしやるやうでない、もつとごまかしのない国体の意義を知りたいのです。』

と前の徳育会でその富沢が言つたことをまた校長は思ひ出した。

それも富沢が何かしつかりした、さう言ふことの研究でもしてゐてじぶんの考へに引き込むためにさう言つてゐるのか、全く本音で言つてゐるのか、或ひは早くもあの恐しい海外の思想に染みてゐたのか、どれかもわからなかつた。卒業の証書も生活の保証も命さへも要らないと言つてゐるこの若者の何と美しく、しかも扱ひにくいことよ。」

ただし、最後の卒業証書以下は、この作品の校長を肯定する明るいヒューマンな主題を考えると、宗教によるものであると考えられる。

進学を断念させられた時、賢治の前には家に対する二つの道が開かれていた。一つは家への屈服、そして同化、他の一つは家からの脱出であった。しかし賢治はこの両方ともとらずに、二つを内包する個人主義的な精神と感覚の世界へ身を置いてしまったのである。後に、家の意向が進学させることに変り、また法華経とめぐりあったこととが更にそれを容易にさせたようである。

さそり座よ
むかしはさこそいのりしが
ふたたびここにきらめかんとは

賢治の言葉で言えば、現実は偶然盲目的な修羅の様相を呈し、ただ科学によってのみ変革が可能であるように見受けられる。しかし、賢治は宇宙には宇宙意志があって、あらゆる生物を幸福に至らしめるものと信じていた。ただそこまで至らない道程の中で無上道に行きつくための宗教、祈りがあると考えたのであった。さそりは「いのり」によって星となることができた。しかし、その「いのり」は現実の苦しい葛藤の中での祈りである。蛭《ひる》のように他の動物の血を吸わなければ生存できない悲しいさそりなのだから。

黒雲を
ちぎりて土にたたきつけ
このかなしみの

かもめ　落せよ

賢治は現実でのさそりの祈りを、修羅に生きる彼自身の祈り、心象として短歌に詩に記録していくのである。盛岡高農時代に賢治は初めて校友会雑誌に作品を発表している。

土性調査

大正七年、優秀な成績で盛岡高農を卒業した賢治は、ひき続き地質学部研究科に残ることになった。折しも第一次世界大戦中であり、賢治の父は徴兵をのがれさせるために賢治の研究科在籍を賛成したようである。しかし、もともとは関豊太郎教授のすすめによったものであった。ちょうど関教授に稗貫郡から三年がかりで土性調査を行なうように依頼があり、賢治をその助手役に使おうと考えたのである。卒業間近、大正七年二月一日に父にあてた書簡には次のように記されている。

「兼《かね》て父上の御勧め下され候如く研究科にも残り稗貫郡《ひえぬきぐん》の仕事にても有之研究中も大体月二十円位は得べく誠に好適なる様に御座候《ござそうろう》とも土性の調査のみにては将来実業に入る為には殆んど仕方なく農場、開墾ならば兎《と》に角差当《かくさしあた》り化学工業的方面に向ふには全く別方面の事に有之候。」

この文面によると将来賢治は実業、化学工業方面に向かうという父との約束があったらしい。また積極的に研究科に残り研究を続けたいという気持ちはなかったらしい。父と子の対立が現われている。更に翌七月二日の父あて書簡には、当時の二人の相容れない姿が読みとれる。

「願はくば誠に私の信ずる所正しきか否や皆々様にて御判断下され得る様致したく先《ま》づは自ら勉励して法華経の心をも悟り奉り働きて自らの衣食をもつくのはしめ進みては人々にも教へ又給し財を得て支那《しな》印度《いんど》にもこの経を広め奉《たてまつ》るならば誠に誠に父上母上を初め天子様、皆々様の御恩をも報じ折角《せっかく》御迷惑をかけたる幾分の償《つぐない》をも致すことと存じ候。」

家の宗旨は浄土真宗であり、父はその熱心な信者であった。積極的、行動的な賢治の法華経とは大きなちがいがあった。後に、父をして親子とは、これほど争うものかといわせたほど、賢治が父に改宗を激しく迫ったのはこのころであると言われる。父との二度目の対立であった。インドは仏教発生興隆の地であるが、既に、八百年ほど前にヒンズー教と回教に追いまくられて消滅している。賢治のインド布教というのは、経文にある、仏教は再びこの地に戻るという予言を、忠実に実践しようとしたものである。

「暫《しばら》く山中にても海辺にても乃至は市中にても小なる工場にても作り只専《ただもっぱ》ら働きたく又勉強したくと存じ候孰《いず》れにせよ結局財を以てするにせよ身を以てするにせよ役に立ちて幾分の御恩を報じ候はば沢山に御座候間何卒人並外《なにとぞひとなみはず》れながら只今より独身にて勉強致し得る様又働き得る様御許し下され度く本日も又極めて不整頓ながら色々とお願申し上げ候。」

後の羅須地人協会時代の実践的な農村活動、晩年の「雨ニモマケズ」の境地に通ずる賢治の基本的な考えが、続けて述べられていて興味深い。

もともと研究科進学については父の、賢治に徴兵を回避させるという側面があったのだが、賢治は「動機は安穏なる時を選ぶ為、研究はこの方便」（大正七年三月十日父宛書簡）と考えて、父の徴兵検査延期を退ける。しかし、五月の徴兵検査では、結局丙種合格ということで徴兵免除となった。

賢治は四月に研究科に入学すると、さっそく、関豊太郎を主任とする稗貫郡の土性調査に助教授の神野幾馬と共に参加した。賢治の郷土であり、既に跋渉した土地も多かったが、九月まで田畑をはじめ山野にいたる稗貫郡全域にわたって熱心に調査に従ったのである。調査開始後、まもなく学校から盛岡高農実験指導補助という辞令をも受けている。

当時の稗貫郡々長は葛博《くずひろし》という人で、農業振興の土台として土性調査を思いついたのであった。稗貫郡は面積六八九二二平方キロあり、中には一六一四メートルの早池峰《はやちね》山、なめとこ山及び花巻付近の山地があるというわけで賢治たちの土性調査も容易ではなかったらしい。しかし、賢治はこの難儀《なんぎ》な重労働を脆弱《ぜいじゃく》なからだで率先して誠心誠意をこめて行なっていたと、後に林産方面の調査を受け持っていた小泉多三郎助教授は語っている。

この当時書かれた散文に「泉ある家」という小品がある。

「これが今日のおしまひだらう、と言ひながら斉田は青じろい薄明《うすあかり》の流れはじめた県道に立ち、崖に露出した石英斑岩《はんがん》から、一かけの標本をとつて新聞紙に包んだ。

富沢は地図のその点に、橙《だいだい》を塗つて番号を書きながら読んだ。斉田はそれを包みの上に書きつけて背嚢《はいのう》に入れた。

二人は早く重い岩石の袋をおろしたさに、あとはだまつて県道を北へ下つた。」

これはその冒頭である。富沢は賢治で、斉田は神野幾馬助教授であろう。二人は「巨きな背嚢をしよつて地図を首からかけて鉄槌を」持った姿である。この文章でわかるように調査ばかりでなく、標本の岩石をも採集しているのである。

この当時、賢治は幾編かの短編を創作しているが、それはこの「泉ある家」でわかるように、みな彼の日常生活の記録である。習作的短文とはいえ、散文もまた自然主義風な態度によっていたのである。

徴兵検査に丙種合格という弱々しいからだに、この重労働は過重な負担であったらしい。七月一日の父あて書簡には彼の命を奪った最初の徴候が記されている。

「近来少しく胃の痛む様にて或は肋膜かと神経を起し昨日岩手病院に参り候処左の方少しく悪き様にて今別段に水の溜れるとか言ふ事はなきも山を歩くことなどは止めよとの事に水薬と散薬とを貰ひ参り候。」

賢治はこの書簡以前に、早く仕事に従事したいし、自分の研究もできないから実験指導補助を辞退したいという不満（六月二十日父あて書簡）を父にもらしている。おそらく賢治の体力の限界が弱気をおこさせたのであろう。そんなわけで、賢治は退学をも考えるが、結局土性調査が終了するまではという関豊太郎の意向にそって調査を継続していったのである。

調査は順調に進み、九月には今でも貴重な資料として生きている調査報告書と地質土性略図を制作して稗貫郡に提出し、無事五ヵ月かかった土性調査を終了したのであった。

この土性調査は郡当局に多大な貢献をしたばかりでなく、羅須地人協会時代の賢治の肥料設計に大きな力を与えることにもなるのである。思いがけなくも、休んだり泊ったりという風な農民との接触が、町育ちで学校しか知らない賢治に良い勉強ともなったであろう。

病状報告

賢治の盛岡高農入学と同じ年に日本女子大に入学し寄宿舎生活をおくっていた妹としが、大正七年の師走発病した。賢治は母とともに看護のために上京し、東京雑司ケ谷の雲台館で新年をむかえることになる。

熱心な看護もさることながら、花巻の父にあてた賢治の病状報告はその緻密《ちみつ》なこと、科学的なこと、更にその数の多いことに驚かされる。

東京に着いた十二月二十七日から二月六日までほとんど毎日、そのうち幾日かは一日に二度ないし三度、ハガキか封書にとしの病状その他をしたためて父に報告しているのである。

「扨て昨日は始めて粥の薄きものを食し候にも係《かかわ》らず気分に変りなく体温も低下して

昨夜三十八度四分　今朝三十七度四分と相なり

又、呼吸は十八　脈膊九〇―一〇〇に御座候当地は本日も雨天御座候へども暖くて却つて結構に有之但し道路は花巻より遙に悪く相成り候。」（一月十一日　父宛ハガキ）

このような具合に病状が記録され、更に入院料・看護料・看護人食費及び布団代、その他費用さえもが克明に記されている。後、としの死に直面して、哀切きわまりない数々の挽歌を草したほどの賢治である。としへの深い愛情がこのように膨大な報告を書かせたのかもしれない。しかしそれだけではない。父への義務と考えたのかもしれない。もちろんそれも含まれる。

しかし、ここにあるのはやはり記録者としての賢治の姿である。賢治の書簡は、前の盛岡中学時代のものから非常に客観的で一切もらさず綿密に記されていることが大きな特徴である。ちょうど、彼の心象スケッチから叙情と感覚的表現を抜き出してしまったものが、書簡に相当するのである。が、背後にいる賢治の本質には、心象スケッチも書簡も相違がないように思われるのである。心象スケッチと呼ぶ文学作品は、四次元的時間の延長で主張されるのだから心象をよぎる森羅万象を感覚的に主情的に自由に記録し、書簡は、現実で効果を発揮するものだから科学的に記録していく。機能によって賢治のそれに向かう態度がちがっているだけなのである。

布　教

賢治は土性調査の際、たびたび農家に宿をとったり、休憩することがあった。そして、おりおり法華教布教のためのパンフレットを農民たちに置いてきたこともあった。また同じ大正八年頃、短編童話とも言うべき手紙を数種類プリントして、布教の目的で方々の無名の人たちの許へ郵送してもいる。ある時は盛岡中学の生徒用ゲタ箱に入れたこともあった。その一つに龍の話がある。「力が強く、かたちも大層恐ろしく、それにはげしい毒を」持ち多くの生き物を殺した一匹の龍が、ある時良い心をおこして今後は悪いことをしないと誓う。その龍が眠っていた時である。猟師が来て、これ幸いと龍の皮をはぎはじめた。その時龍は目がさめたのだが、

「おれの力はこの国さへもこはしてしまへる。この猟師なんぞはなんでもない。いまおれがいきをひとつすれば毒にあたつてすぐ死んでしまふ。けれども私はさつき、もうわるいことをしないと誓つたしこの猟師を殺したところで本当にかあいさうだ。もはやこのからだはなげすてて、こらへてやらう。」

と考え、なすがままにしておいた。あか裸にされた龍は苦しみにのたうちまわった。そこへまた沢山の虫が肉を食べようと出てきたのを、龍はまたそっと辛抱して食べさせてやるのだった。その後、この龍は天上に生まれ、釈迦となった。

このような捨身による無上道への道がとかれた手紙だったのである。

大正十年、既に入会していた日蓮主義を主張する東京の国柱会を訪問した賢治が、高智尾智耀《たかちをちよう》のすすめによって、文芸による大乗仏教の真意普及を決意したということもあって、賢治の童話には宗教がむきだしになっているという印象を受けるかもしれないが、決してそういうことはなく、賢治の生涯を通じてもっとも普及の意図が明快に表わされているのは、この普及をすすめられる以前の、童話の処女作ともいうべき数種の手紙なのである。

しかしながら、もちろん賢治童話のすべてが、『注文の多い料理店』の新刊案内に彼自身述べているような心象スケッチであるというのではない。

この明快な宗教性を持つ手紙や、これと同時期に書かれた、手紙を含めた賢治童話の処女作の一群の宗教色の濃い「蜘蛛となめくぢと狸」と「雙子の星」は、端的に言って動物界のカリカチュアであった。後年の作品でもそうであるが、宗教色をふんだんに盛りこむとか、商業主義の批判とかの所謂問題意識を持ちこんだ作品にカリカチュアの方法がとられている。そして、えてしてそれらのカリカチュアは破綻《はたん》をきたしている場合が多いのである。賢治童話の傑作と言われる作品は、彼独特の心象スケッチ的なものと、カリカチュアと心象スケッチとが巧みに融和したところに生まれたもののようである。

上京

大正九年、盛岡高農研究科を終業した賢治は、助教授推薦のあったのを辞退して花巻に帰り、家業を手伝うことになった。就職の問題については父ともしばしば語り、妹の看護に上京した時にも、家業の転換として長男である自分の職業をあれこれと探索してはいたが、結論は出なかった。父との対立の中で、いかに調和を望むにしても、もどかしいほど無力な二十五歳の賢治である。常に自己を家の一員としてとらえているのである。

夜は板戸を降すような昔風の薄暗い店先におかれた木枠《わく》の火鉢の横の机で、正座した賢治は、店番をしながら読書に余念がなかった。

「お金を借りに来る人が、つまらない価もないやうな品物を持つて来ます。すると賢治さんは、たとへばそれがちよつとも動かない時計であつても、それで借り度いと希望するだけの金を、父親に相談もせず、一存で貸してやります。」

佐藤隆房の伝記『宮沢賢治』にはこのように記されている。これによっても賢治の家業に対する負い目の大きさを測り知ることができる。

法華経の信仰はいよいよ厚く、大正七年から始められた菜食生活は継続実行され、その後大正十年まで続けられる。また日蓮主義を唱導する田中智学によって創設された宗教団体国柱会にも入会した。国柱会は「日本建国の元意たる道義的世界統一の洪猷《こうゆう》を発揮して一大正義の下に四海の帰一を早め、用《もっ》て世界の最終光明、人類の究意《くきょう》救済を実現するに努むるを以《もっ》て主義と為《な》し、之《これ》を研究し之を体現し、之を遂行するを以て事業となす」純正な日蓮主義を宣言して、大正三年に作られ、宣言文の通り精力的、行動的に活動を展開していた団体であった。賢治はここに、親族の関登久也をともなって入会している。更に、花巻町内を「南無妙法蓮華経」と高らかに唱えながら、寒修業したのもこの年であった。

信仰が深まれば深まるほど父との対立も深まっていった。賢治は父に改宗を迫った。そして、常にはねつけられた。宗教には造詣深く、キリスト教にさえ無理解ではない父である。しかし、元来保守的な父であった。我こととなると、伝統に根ざした家の宗旨をかえるわけにはいかなかった。それに加えて、学校生活しか知らない若い賢治の考え方は、理想主義的な観念論に思われるのだった。

大正十年一月二十三日、このような状態から脱け出すように、賢治は突如無断上京する。

「最早《もはや》出るより仕方ない。あしたにしようか明後日にしようかと二十三日の暮方店の火鉢で一人考へて居りました。その時頭の上の棚から御書が二冊共ばつたり背中に落ちました。さあもう今だ。今夜だ。時計を見たら四時半です。汽車は五時十二分です。すぐ台所へ行つて手を洗ひ御本尊を箱に納め奉り御書を一所に包み洋傘を一本持つて急いで店から出ました。」（大正十年七月十三日　関徳弥宛書簡）

賢治は出郷の事情を関徳弥（登久也）にこのように書きおくっている。まるで、霊感にうたれたような賢治の上京の姿である。上野に着いた賢治は、すぐその足で下谷区上野桜木町一番地にあった国柱会館を訪問した。玄関に現われたのは高智尾智耀であった。

「突然のことですしこちらでも今は別段人を募集も致しません。よくある事です。全体父母と云ふものは仲々改宗出来ないものです。遂に感情の衝突で家を出るといふ事も多いのです。まづどこかへ落ちついてからあなたの信仰や事情をよく承つた上で御相談いたしませう。」（同関徳弥宛書簡）

ビラ張りでも下足番にでも使ってくれという賢治に、高智尾智耀はすげなくこのように語ったのであった。当時高智尾智耀は国柱会の理事兼講師であった。

その日、三、四円しか持っていなかった賢治は、前年妹の看病の時に交渉を持った日本橋の化粧問屋小林六太郎方に泊り、翌日予約していた本をやめて出版社から三十九円ほど受け取り、本郷区菊坂町七五稲垣方に下宿を定めた。畳六枚を横に並べた細長い妙な室であった。そして、次の日からは東京大学前の謄写版刷りの出版社交信社につとめ、大学の講義録を刷って生活費にあてた。一ページ二十銭ほどの謄写代を一日に十ページ分くらい稼ぎ出した。仕事の昼休みには、国柱会の開く街頭演説に加わったし、毎夜行なわれた国柱会館での講義も欠かさず聞きに出かけた。

或る日、賢治が昼休みの街頭布教を行なっていた時に、通りがかりの金田一京助がその姿を見た。賢治は金田一京助の弟金田一他人とは盛岡中学時代の友だちだったために知っていたのである。

アイヌ語学者金田一京助は、貧しい石川啄木のよき理解者であり、経済的な支えともなってあげた人であるが、まさか、その時の賢治が悲痛な覚悟を持って清貧に甘んじているとは想像もできなかった。金田一はふしぎそうな眼差《まなざし》で去っていった。

「図書館へ行つてみると毎日百人位の人が『小説の作り方』或は『創作への道』といふやうな本を借りようとしてゐます。なるほど書く丈なら小説ぐらゐ雑作ないものもありませんからな。うまく行けば島田清次郎氏のやうに七万円位忽ちまうかる。天才の名はあがる。どうです。私がどんな顔をしてこの中で原稿を書いたり綴ぢたりしてゐるとお思ひですか。どんな顔もして居りません。

これからの宗教は芸術です。これからの芸術は宗教です。いくら字を並べても心にないものはてんで音の工合からちがふ。頭が痛くなるにしても無用に痛くなる。今日の手紙は調子が変でせう。」（大正十年七月十三日関徳弥宛書簡）

その年の一月、高智尾智耀に生業を通じて日蓮主義を、文芸による法華経普及を発揮すべきだとすすめられた賢治は、昼間の筆耕の疲れも忘れて童話創作に打ちこむのであった。一月には三千枚も書いたと言われている。関徳弥あての書簡はその事情をよく物語っている。島田清次郎とは当時のベストセラー『地上』の作者で、若くして天才ともてはやされた流行作家である。が、後に発狂して死んでいる。この書簡中には「私は書いたものを売らうと折角してゐます。それは不真面目だとか真面目だとか云つて下さるな。愉快な愉快な人生です」とも記されている。何か着実な足どりを見せ始めたような兆も窺《うかが》えるし、また、妙に高ぶった名利を求める声も聞かれるような気がする。錯雑した東京の生活が、賢治に大きな刺激を与えたことであろう。図書館や丸善の店頭で、むさぼるように文学書を読破していったことであろう。

九月、日本女子大を卒業して、花巻高等女学校の教師をしていた愛する妹としが再び発病したために、賢治は急いで帰郷することになった。霊感におそわれての出郷も、ここにおいて賢治に家への回帰をうながすのである。

賢治は大トランクに童話作品の原稿をいっぱいに詰めて帰省する。このトランクは童話「革トランク」に登場する。

工学校を出た斉藤平太は家に建築図案設計工事請負の看板をかける。するとすぐに二つの仕事を頼まれる。平太は図面をひき工事にかかる。ところが出来あがってみると、一つは廊下が無くて次の部屋に入れず、一つは階段が無くて二階に上れない妙な家になってしまった。そこで平太はがっかりして東京へやって来た。しかし、なかなか仕事がない。やっと古巣の建築現場の監督となったが、大工たちに憎まれてさんざんな目に会ってしまう。それでも平太にしてはなかなか楽しい毎日であった。家には立身出世したとハガキを書いた。ある日、「ハハビヤウキスグカヘレ」の電報を受け取る。それで、平太は持っていた金をはたいて革の大トランクを買い、親方に頼んで貰った板の絵図をぎっしりつめて帰省した。故郷では、子供たちや知人たちが平太のトランクにばかり気をとられている。けれども平太は、トランクの話をされるたびに妙に涙が出そうになった。父親の村長はトランクを下げた平太を見てにが笑いする。

このような荒筋の作品であるが、賢治自身の帰郷をユーモラスにカリカチュアライズしたものと思われる。賢治にしても、大トランクに詰めて持ち帰ったものは、人に見せられるような、すぐに評価を与えられるようなそんな現実的なものではなかった。なにしろ賢治の作品は童話にしても、四次元延長の中で主張される心象スケッチなのだから。

賢治はこの帰省前後に、唯一の公刊童話集『注文の多い料理店』所載の名編を次々と生み出している。帰省前の八月二十五日に「かしはばやしの夜」、帰郷後の九月十四日に「月夜のでんしんばしら」、十五日に「鹿踊りのはじまり」、十九日に「どんぐりと山猫」、十一月には「狼森《おいのもり》と笊森《ざるもり》盗森《ぬすともり》」「注文の多い料理店」という風に。郷土色豊かなメンタル・スケッチの数々である。

詩人　ちょうど同じ頃八月二十五日に作られた短編「龍と詩人」に次のような詩がある。

風がうたひ波が鳴らすそのうたを
ただちにうたふスールダツタ

星がさうならうと思ひ
陸地がさういふ形をとらうと覚悟する
あしたの世界に叶ふべき
まことと美との模型をつくり
やがては世界をこれにかなはしむる予言者
設計者スールダツタ

当時の賢治の、孤高の文学者としての自負がみなぎっている。詩人スールダッタは賢治自身である。「革トランク」のカリカチュアと、この詩人の自負とが同じ頃に書かれたものとは思われないが、たとえ同時期であったとしても、この詩人の自負が賢治の側面にあればこそ「革トランク」も書け、その中にぎっしり詰められた膨大な作品が書きつがれてきたのである。

「あしたの世界に叶ふべき　まことと美との模型」を作る予言者、設計者として、大乗仏教と文学の融合の中に、「まことと美」の言葉を探す詩人賢治の使命を見い出したのである。

心象スケッチの開花
—詩人の自負—

花巻農学校

妹としの発病で帰郷した賢治は、再び東京へ戻ろうとはしなかった。というより、看病中も引き続いて童話原稿を執筆する賢治に業《ごう》をにやしていた父が、折よく稗貫郡々長の葛博と花巻農学校校長の畠山栄一郎とが賢治の家に持ってきた花巻農校教師の就職口にとびついたからである。もちろん賢治とて不賛成ではなかった。

賢治が教鞭をとった花巻農学校の本校舎玄関

県立花巻農学校は、当時稗貫郡立稗貫農学校と言った。賢治の奉職したその年までは、蚕業の講習所であった。妹としの勤務する花巻女学校の堂々たる建物の隣に、桑ッコ大学と呼ばれた貧弱な二年制の農学校はあった。

農学校となった四月に四十九名の新入生を募集し、講習所在学の十七名が二年生の少人数で、教師は校長、書記、賢治を加えて七名いた。

賢治は十二月三日、入営する前任者の岩崎三男治と交替するために初登校した。月給は八級俸、八十円であった。一ヵ月に十二円あればなんとか生活できる、と考えていた上京中に比べると雲泥の差があった。

賢治の短い生涯中、最も愉快な明るい日であった、と彼自身が後に言っているように、この農学校在職中の賢治にはその生涯全般にわたってつきまとっている痛ましさがない。初登校した十二月には、生前の賢治が原稿料を貰った唯一の童話「雪渡り」が雑誌「愛国婦人」に掲載されている。出発から幸先《さいさき》が良かった。また、教育は彼の性格に向いていたようだ。生徒たちにはしたわれた。更に小さな学校であったことが幸いして、賢治の奔放《ほんぽう》なあらゆる教育方法が承認された。上京中のがむしゃらな貧しい生活の後だけに、適度の快適な労働は楽しいものであった。からだも健康であった。そして、更に自費出版ながら『春と修羅』『注文の多い料理店』の刊行と、意気まさに軒昂《けんこう》たるものがあった。

賢治はこの農学校に大正十五年三月まで在職した。

詩作の開始

賢治の詩作は農学校就職前後に始まったと言われている。ちょうど、としの勤務していた花巻高等女学校の音楽教師藤原嘉藤治を知り、音楽熱にとりつかれたのもその頃であった。

大正十一年一月六日、『春と修羅』の巻頭を飾った「屈折率」「くらかけ山の雪」「日輪と太市」の稿がなった。

屈折率

七つの森のこつちのひとつが
水の中よりもつと明るく
そしてたいへん巨きいのに
わたくしはでこぼこの雪をふみ
向ふの縮れた亜鉛の雲へ
陰気な郵便脚夫のやうに
（またアラツディンの洋燈とり）
急がなければならないのか

詩集『春と修羅』の題名にも用いられた修羅とは、梵語の阿修羅を略したもので悪神、鬼神の意味であるが、賢治はこの修羅を広義に用いている。賢治の理想であったあらゆる生物の究竟の幸福のための「まこと」の発現しない現実の種々相はまさに修羅の世界であった。詩集の題名となった詩「春と修羅」に「おれはひとりの修羅なのだ」とあるが、散文「龍と詩人」の詩に唱った「あしたの世界に叶ふべき　まことと美との模型」を作る予言者、設計者として現実の修羅場に「まこと」と「美」の言葉を探す賢治自身がまた阿修羅なのであった。

「屈折率」には、修羅の世界を「まこと」と「美」を求めてさまよう賢治の心象のたくまない記録がなされている。しかしまたアラッディンのふしぎなランプの奇蹟が心象を去来するように、賢治の姿は、精神界のドン・キホーテとさえ思わせる。

自然から、宇宙から人間を含めたあらゆる生物・無生物の声の屈折を、また修羅である自分の内奥からのつぶやきを賢治はメンタル・スケッチとして正確に記録していくのであった。

農学校教師時代の賢治

教師賢治

農学校時の賢治の写真を見ると、三つぞろいの背広に白いカラーのシャツ、ネクタイもきちんと結んでいてまたその容貌といい、彼の生涯中もっともゆとりのある姿をしている。教師時代の賢治はこの服装に表われたように、周囲との調和をことに注意していたようであった。色は白いが身長一六三センチ前後、体重約六十キロと言われている賢治の体軀は、決して貧弱なものではなかった。

農学校での賢治は、化学・数学・英語・土壌・肥料・農業実習を担当した。農業実習は水田稲作を受け持った。

「それではそのつづきをやりますと、教科書も見ないで、どんどん授業がはじまります。黒板には一時間にひとつの字も書かないこともありました。教科書にあることは、ちつともいひません。教科書は、ただ授業の目じるしの題目に使ふのです。それで生徒たちは、これはこまつたと思ひました。そしてたれがいひはじめるといふことなしに、賢治先生の授業は、ノートに書かなければだめだといふことになりました。」（森荘已池著『宮沢賢治』）

これには少し誇張があるようだが、周囲との調和を求めた賢治であっても、教師の枠《わく》にはまりこまないものを持っていたようである。また、これはじめての教育者生活ということにもよっているのであろう。教科書に必要度の高低の段階を記しておき、実地にすぐ有用なものや急所を丁寧に授業する、というやり方をとっていた。また英語の時間には、クラスを二組に分けて、黒板でスペリング競走させたりした。また、余談として外国の話やバッハ、ベートーベンの音楽、更に芸術や宗教や天文の話を年少の生徒たちにわかりやすく聞かせたりした。

また賢治は夏の農業実習のあいまにはよく北上川の彼の名づけたイギリス海岸で生徒とともに水泳を楽し

んだものである。

「日が強く照る時は岩は乾いてまつ白に見え、たて横に走つたひび割れもあり、大きな帽子を冠つてその上をうつむいて歩くなら、影法師は黒く落ましたし、全くもうイギリスあたりの白亜《はくあ》の海岸を歩いてゐるやうな気がするのでした。」

イギリス海岸とは散文「イギリス海岸」にこのように書かれた北上川の西岸で、青白い凝灰質《ぎょうかいしつ》の泥岩が川に沿って広く露出していた。水の増すごとに泥岩層が洗われたために白くきれいになり、よく臨海学校などがひらかれていた。そして更に、この川岸からはくるみなどのさまざまな化石が発見され、生徒たちのよい学習の場ともなっていた。

周囲の人々には教師らしくない印象を与えていたが、心象スケッチに示されたあの豊か過ぎる程豊かな精神と感覚の世界を、そのまま教育の場に持ち込んだ賢治独自の教育方法だったのである。

賢治は生徒の面倒《めんどう》もよくみた。修学旅行の費用のないものには出してやり、学費の世話までした。警察にあげられた非行生徒の更生に力を尽くし、就職運動に北海道まで足を運んだこともあった。賢治は比類ない情熱を持った教師であった。

しかし、どうしても教師の枠の中でじっとおさまっている賢治の個性ではなかった。

経済的援助は生徒ばかりでなく同僚の教師にまで及ぶのである。また感覚的な面での異常さは露骨な表われかたもしているのである。

花巻農学校の音楽教諭藤原嘉藤治を知ったことで、賢治の音楽熱は急激に高まっていった。たくさんのレコードを町の楽器商から買い込んだりした。学校ではベートーベンの百年祭などにレコード・コンサートを開いたりした。

幻覚

賢治の独特の感受性は彼の心象スケッチの随所に見られるが、これが音楽によって行動にまで表われてきたのである。賢治はレコードに熱中すると「ホーホー　ホーホー」と奇声を発して踊ったそうである。

またある夜、学校前の麦畑が月光にきらきら光っているのを見て、とつぜん賢治は飛び出していく。そしてまるで抜き手をきっておよぐように麦畑のうねを踊りまわった。一時間泳ぎまわって帰ってくると、「銀の波を泳いできました。ああ、さっぱりした」と言った。このような、気ちがいのような通常人には理解のとどかない異常な感覚の世界を賢治は持っていたのである。

賢治の童話や童謡（童話の中の）に比類ない擬声語が使われていることは、良く知られている。「風の又三郎」の中の「どっどど　どどうど　どどうど　どどう」という風の音、「貝の火」の「ブルルル　ピイピイ　ピイ　ピイ　ブルルル　ピイ　ピイ　ピイ　ピイ」というひばりの鳴き声、「烏の北斗七星」の「ギイギイ」という鳥の鳴き声など、数えあげればきりがない。擬態語、幻想の独創性も比類がない。

『注文の多い料理店』所載の童話「かしはばやしの夜」にひらかれる幻想の世界は普通人の及ぶところではない。主人公清作と柏の林の生命の交歓がうたわれている。その中の童謡をあげてみると、

やまねこ、にやあご、ごろごろ
さとねこ、たつこ、ごろごろ

また、

こざるこざる、
おまへのこしかけぬれてるぞ、
霧、ぽつしやん、ぽつしやん、ぽつしやん
おまへのこしかけくされるぞ

また、

うこんしやつぽのカンカラカンのカアン
あかいしやつぽのカンカラカンのカアン

また、

おつきさんおつきさん　まんまるまるるん
おほしさんおほしさん　ぴかりぴりるるん
かしはかんかの　かんからからららん
ふくろはのろづき　おつほほほほほほん。

などの柏の木の歌や、

のろづきおほん、のろづきおほん、
おほん、おほん、
ごきごきのおほん、
おほん、おほん。

の梟の鳴き声は、それら生物・無生物の生命のリズムをさえ感じさせる。音楽と結びついた賢治の感覚の独特な発現である。

塀のかなたに嘉莵治かも　ピアノぽろろと弾きければ

と「女学校附近」に歌った。藤原嘉藤治と賢治は、仲のよい友人関係にあった。この二人を、当時或る書店主が、花巻で狂人扱いされていた弁と徳という二人の乞食になぞらえたことがあったという。現在伝えられるほど花巻人たちは、決して賢治にあたたかい情を示したとは思われない。数々の軽蔑や批判や中傷が渦巻いていたのではなかろうか。当時の実業学校にしては、高度すぎるイオン記号を駆使する授業を行なった優秀な教師の反面、窓から教室に入り込んだり、異常な感覚を露骨に表わしたり、鉛筆を首にぶらさげて闊歩《かっぽ》する賢治の姿は、地方の小都市の話題となるに十二分な要素を備えていたのだから。

学校劇　大正十三年九月、岡田良平文相が学校劇禁止の条例を出すまでの日本は、各地で児童の個性を開発する芸術教育の一環として、学校劇が盛んに行なわれつつあった。賢治は先年の上京中に国柱会の田中智学が書いた劇「佐渡」を歌舞伎座で見てもいた。さらに浅草オペラや曽我廼家劇も見ていた。このような背景から賢治の劇は執筆されたのであろう。

失われて見られないが、大正十一年に英語劇「植物医師」が書かれた。この最初の英語劇は、生徒の語学力不足から上演されなかったが、これを改作したものが大正十二年五月、農学校の新校舎移転の祝賀会に上演された。またそれを更に改作して、翌年上演している。これが現在残されている「植物医師」である。この時同時に上演されたものに「バナナン大将」がある。これは後に改題された「饑餓陣営」である。大正十三年八月には「ポランの広場」と「種山ヶ原の夜」を上演した。

上演のできはともかく、生徒たちは賢治の演出にしたがって楽しく演技した。

賢治の劇はこの四本しかないが、後の羅須地人協会時代に、松田甚次郎に農民劇を勧めたほど深い関心を持っていた。

「ポランの広場」「饑餓陣営」「植物医師」は農業をうまくとりいれてあり、農学校の生徒が上演するにふさわしい作品である。ことに「饑餓陣営」は反戦思想が流れており、秀れた作品である。しかし、この中でもっとも賢治らしい感覚的な作品といえば、「種山ヶ原の夜」であろう。但し、ドラマチックな要素に欠けていておもしろみはない。

「ポランの広場」には賢治の詩を歌う場面があるが、曲は賢治が作曲した。賢治は花巻農学校の精神歌や応援歌を作詩していたが、このように作曲もしているのである。童謡「星めぐりの歌」「イギリス海岸の歌」「剣舞の歌」などにも簡単な曲をつけている。

自費出版

前記の上京中の書簡に示されていたように、賢治は職業として文学を考えることもしている。大正十年には童話「雪渡り」で初の原稿料をとっている。もちろん原稿料といえば、これが生前唯一のものであるが。大正十二年六月には岩手毎日新聞に童話「シグナルとシグナレス」を発表している。発表意欲も旺盛であった。

大正十三年四月二十日、賢治は詩集『春と修羅』一千部を自費出版し、知人や名のある詩人たちに送ったのである。

大正十年に書かれた短歌から詩への過渡的作品「冬のスケッチ」が詩の最初のものであるが、後大正十一年一月六日に作られた「屈折率」他の詩編を巻頭に飾り、翌年十二月十日の「冬と銀河ステーション」までの六十九編を『春と修羅』は収録している。

賢治は詩集出版の意志を固めると、ひとりでことをはこんでいった。丸善の四百字詰原稿用紙百五十枚に浄書して、花巻の吉田印刷所に持ちこんだ。なれない田舎の活版所のために、活字がそろわず印刷にもだいぶ手間どった。表紙は、賢治の希望した鋼鉄色の粗い布地が見つからず、黄土色のものになってしまった。背文字は、歌人の尾山篤二郎に頼んで書いてもらった。装幀のアザミの絵は、農学校の劇上演の時に背景を書いてもらった阿部芳太郎に頼んだ。序文は大正十三年一月二十日賢治自身が書いた。

こうして出来あがった『春と修羅』は賢治を大いに喜ばせた。背文字に詩集と記されていたのをブロンズの粉でぬりつぶしてから、賢治は自己の分身心象スケッチを世の人々の前におくったのであった。

三カ月後の七月二十三日にダダイスト詩人辻潤が「惰眼堂妄語」を「読売新聞」に発表して賢治をはじめて中央に紹介している。また詩人佐藤惣之助は雑誌「日本詩人」の十二月号に特異な才能を持つ賢治に少しばかり触れている。二人の詩人の評価も中央の詩壇に何の影響も与えなかったのか、それ以後は誰も賢治の『春と修羅』について語るものはなかった。

賢治が寄贈《きぞう》したある宗教家は「時節柄、春と修養をありがたう」と礼状をよこしたくらいであるから、店頭に並べられた『春と修羅』も売れたとは考えられない。近代詩史上、ことにユニークなこの詩集も生前はこのようにみじめな扱われ方をしたのであった。

わざわざ背文字の「詩集」という文字を消したのは、自分を心象スケッチ屋と称していたように、その独自の詩型に対する自負と謙遜からであったのであろう。賢治の次々と明滅する豊饒な心象、その瞬時の生命の輝きを記した心象スケッチは、饒舌にすぎるくらい心象をよぎるすべてをとらえている。既に発想からしてレトリックの入り込む余地はなかったのである。

童話集『注文の多い料理店』の出版は大正十三年十二月であった。上京中高智尾智耀に勧められて法華文学を志した賢治は、月に三千枚の童話童謡を書いたということは前にも記した。が、この童話集にそれらは一編も収録されていない。ここにあるのは、大正十年九月に書かれた「どんぐりと山猫」から、大正十一年四月に稿のなった「山男の四月」までの八編である。更に、これらの童話には法華文学のイメージなど全然ないといってよい。前にも書いたが、法華文学のイメージを持っている作品といえば、賢治の全作品中でも、せいぜいあの四編の童話風の手紙ぐらいのものである。

『春と修羅』の出版で意気軒昂《いきけんこう》な賢治は、ちょうど、農学校に農薬の売り込みに来た盛岡高農時代の後輩近森善一に童話集刊行の相談をしてみる。この近森は、やはり盛岡高農の同級生であった及川四郎と共同で農薬の販売と農業技術書の出版を行なっていた。童話集刊行の話はうまくまとまって、及川が独力で出版することになった。だから純然たる自費出版というのではなかった。及川は、郷土出身で出版社に勤めていた吉田春蔵に製作のすべてを依頼した。体裁上出版社名が欲しいので、吉田の家を住所とする東京光原社とした。装幀・挿絵は、藤原嘉藤治の友人で盛岡城南小学校の同僚菊池武雄が引き受けてくれた。こうして濃紺の地・中央に清水良雄風の童画の飾られた美しいイーハトヴ童話集ができあがった。製作費に八百円、宣伝費に二百円ほどかかったという。

料理の本と錯覚されそうなこの童話集は、『春と修羅』と同様まったく売れなかった。何の評価も与えられなかった。

八編の童話は、当時の賢治の目にイーハトヴ（時にはイーハトーヴ、イーハトーヴォ）として写っていた岩手の自然から受け取った心象スケッチであった。小説的構想のうすい童話群であった。この童話集の序や新刊案内で賢治が「偽でも仮空でも窃盗でも」なく、「多少の再度の内省と分析とはあつても、たしかにこの通りその時心象の中に現はれたもの」であって、「既成の疲れた宗教や、道徳の残滓」で塗り固めることもせず、ただそこに世界自身の叫ぶ「新しいより好い世界の構成材料」が示されているために、究極には「少年少女期の終り頃からアドレッセンス中葉」の人たちの「すきとほつたほんたうのたべもの」となるという確信は、前の「龍と詩人」の詩に歌われた詩人の自負にほかならない。八編の中では小説的構想のある「注文の多い料理店」が、その主題からリアリズムの児童文学の可能性を秘めていたにかかわらず、カリカチュアとなったのはこのことに由来するのである。

当時の児童文学界

大正末年の児童文学界は「赤い鳥」及びそれの類似雑誌の全盛時代といわれている。もちろんこれは当時の子供たちが争って「赤い鳥」を読んだというのでなく、児童文学史上における評価によっている。リライト（再話）中心の低俗なお伽噺に対して、明治末期から芸術的な創作児童文学の登場をうながす声が、教育家から宗教家からまた児童文学者の内部からおこってきた。小川《おがわ》未明《みめい》が童話の処女作「海底の都」等を「少年文庫」に発表したのは明治三十八年であり、秋田雨雀《あきたうじやく》の童話の処女作「七歳の時」や「林の絵」が「日本少年」に載ったのは明治四十三年であり、抒情派竹久夢二《たけひさゆめじ》もこの頃から童話童謡を執筆しはじめたし、鹿島鳴秋《かしまめいしゅう》が処女童話集『お伽図書館』を出したのも明治四十五年である。クリスチャンである田村直臣もお伽噺に対するアンチ・テーゼを『子供の権利』に掲げ、クリスチャンであり教育家である自由学園の創立者羽仁もと子が、児童文学に関心を寄せたのも明治末年であった。

大正時代に入ると、実業之日本社の『愛子叢書』が島崎藤村、田山花袋《たやまかたい》、野上弥生子《のがみやえこ》等の力を得て大正二年に刊行されたのを皮切りに、宇野浩二が少女小説『哀れ知る頃』を書いたのが大正五年、浜田広介が「黄金の稲束」で「大阪朝日新聞」の懸賞に入選したのが大正六年であった。

時代は、折からの大正デモクラシーの波に洗われ、エレン・ケイの『児童の世紀』の訳出や片上伸《かたかみのぶる》の『文芸教育論』の出版などもあって、児童中心の児童の個性開発のための自由主義教育、芸術教育が高く叫ばれていた。また、大正七年の成城小学校の設立をはじめ、多くの私立学校が創設された。芸術的創作児童文学に対する世の進歩的な知識階級の期待もことのほか強かった。

このような思潮に敏感に、反応したのが作家の鈴木三重吉であった。三重吉はその顔を生かして、文壇の多くの人々の協力を得て「子供の純正を保全開発するため」（『赤い鳥』の標榜語《モットー》」）の「芸術として真価ある純麗な童話と童謡を創作する、最初の運動」（「創刊に際してのプリント」）として「赤い鳥」を主宰発行したのである。執筆者は島崎藤村、徳田秋声、泉鏡花、谷崎潤一郎、芥川龍之介、佐藤春夫、宇野浩二、豊島与志雄、久保田万太郎、小川未明、吉田絃二郎、菊池寛、久米正雄、秋田雨雀、小島政二郎、北原白秋、西條八十《さいじょうやそ》という風に、当時の文壇の長老から流行作家に至るまで含まれ、ほとんど童話に筆を染めない作家はいないくらいであった。今日知られる文壇作家の童話は、ほとんどこの「赤い鳥」に発表されたものである。

「赤い鳥」運動の高い評価にはさまざまな根拠があるが、特にお伽噺になかった文学性を近代的な小市民意識をそなえた童話として導き入れたこと、坪田譲治、与田準一《よだじゅんいち》、塚原健二郎《つかはらけんじろう》、新美南吉《にいみなんきち》らの児童文学専門の作家を生み出したことなどがあげられよう。

しかし、個々の作品を検討してみると、文壇作家の童話は余技的な面もあり、また創作童話はごく少ない。多いのは説話や外国児童文学のリライトである。巌谷小波に代表された明治のお伽噺の主流であったリライト物とちがって、近代的色彩をほどこされてはいたが。また、少ない創作童話は子供の心を神聖化する童心主義を基調とするもので、社会的現実の中で子供をつかまえようとはしていない。

更に、「赤い鳥」には「子供の純性を保全開発するため」とか、誌面を飾る作品は「子供の文章の手本を

「赤い鳥」の表紙

授けんとする」(「『赤い鳥』の標榜語」)ものであるとかいうように当時の教育思潮の反映があり、教育性を重視してもいる。

これらのことは「赤い鳥」の類似雑誌と言われる同時代の「金の船」「金の星」「童話」などにも共通する性格で、大正期児童文学の側面でもある。

このような当時の児童文学界に、なぜ賢治の童話は受け容れられなかったのであろうか。『注文の多い料理店』は、「赤い鳥」の主宰者鈴木三重吉のもとにも、装幀をした菊池武雄の手で送られていた。後に菊池武雄は「赤い鳥」の插絵を書いていた東京の深沢省三の家に居候になり、三重吉とも交流を持つようになる。そこで菊池は、賢治の童話を三重吉に吹聴したこともあったらしいが、或る時など「こんな原稿はロシアにでも持っていくんだなあ」と三重吉に断わられた。

また、当時は、婦人雑誌の「女性改造」「婦人公論」「女性」等や、今日の週刊誌のはしりである「週刊朝日」にも童話が掲載されていた。賢治は、弟清六の手で「婦人画報」に原稿を持ち込ませたこともあったが、これも簡単に断わられている。当時、婦人画報社では児童雑誌「コドモノクニ」も出していた。ごく商業主義的な婦人雑誌が、評価も定かでない賢治のような新人の登龍を許すわけがない。婦人雑誌の執筆者といえば限られたスターだけであった。多く新人の作家、童謡詩人の作品の投稿を許した「赤い鳥」にしても、目次を埋める寄稿家たちのほとんどは、既成の文壇の大家である。賢治のように同人雑誌にさえ発表の機会を全然持たなかった無名の地方作家の原稿が、活字になることなど考えられないことであった。そして更に、賢治の作風と「赤い鳥」の性格には大きな開きがあった。すべての原稿に目を通したわけではない三重吉には「ロシア」風な作風に見えたのである。これは賢治にとって非常に皮肉なことであった。賢治の作品のうちで「ロシア」風な作品といえば、数えるほどしかないのだから。せいぜい「オツペルと象」「なめとこ山の熊」「注文の多い料理店」ぐらいで、しいてあげるとすると「気のいい火山弾」「どんぐりと山猫」等が入りそうである。ところがこの「ロシア」風な作品にしても、社会や人間関係を追求したというよりも賢治の心象のスケッチとしてとらえられたと言うべきである。

芸術的児童文学の創造を標榜した「赤い鳥」運動の目指していたものは、芸術性のみ考えるならば、「赤い鳥」の水準をはるかに抜き、今日といえども、これ以上の作品は現われていない賢治の童話に見い出されるべきであった。しかし、三重吉の指摘したことのほかにも、賢治の童話と「赤い鳥」の相違は多い。賢治の童話には教育性や子供に迎合する態度は微塵《みじん》もない。童話も詩と同じく心象スケッチとして、賢治の魂の記録として、その型に何のこだわりもなく書いていったのである。

大正十五年一月、宮城県の詩人尾形亀之助が自費で発行した雑誌「月曜」の創刊号に賢治は「オツペルと象」を発表しているが、賢治の童話にむかう態度の厳粛さにうたれる作品である。オッペルという農場主が巧みにそそのかして白象をこきつかうが、最後には白象の祈りを知ってかけつけた仲間の象に踏みつぶされてしまうという話である。これだけなら鈴木三重吉の言う「ロシア」風の当時大正十年代に発展を見たプロレタリア児童文学の範疇《はんちゅう》に入ってしまう作品である。しかし、賢治はこの童話の最後をこのように書くのである。

「『あゝ、ありがたう。ほんとにぼくは助かつたよ。』

白象はさびしくわらつてさう言つた。

おや、君、川へはいつちやいけないつたら。」

昭和に入るまでの賢治の作品は「よだかの星」等にはっきり表わされるように、願えば叶えられるといった賢治の心象中にある調和の世界が描かれている。それが、大正も終わりに近づくにつれ、ちょうど実生活の面でも、上京、花巻農校教師、更に、これは後に書くが妹の死という風に現実との対決を迫られてきたように、しだいに作品の上にも現実社会の反映が現われてき、賢治の心象中に完成していた四次元意識による調和の世界も変質を強いられるのである。この「オッペルと象」の最後の数行は、この調和の世界の破綻《はたん》にほかならない。

願いによって成就した幸福を白象は喜べない。「さびしく」笑うだけである。最後の「川へはいつちや……」は、象の死を思わせる象徴的な言葉である。

作品を完成させるためにはこの最後の二行は書くべきではない。しかし、童話も「心象スケッチの一部」である賢治にとって、作品の完成は二の次である。まずその時の賢治の魂を記録するのであった。

「赤い鳥」の芸術的児童文学や新興勢力であったプロレタリア児童文学の範疇《はんちゅう》をも逸脱する徹底した個人主義文学である賢治童話は、当然のように雑誌「金の塔」等の仏教童話に属するものでもなかった。大正から昭和にかけて、仏寺の日曜学校や幼稚園で行なわれていた口演を主とする説話的な仏教童話は、殊に文学性の薄い低俗なものであった。

賢治の童話は、このように、当時の児童文学の概念と水準をはるかに凌《しの》ぐ孤高のものであったということができる。しかし、もちろんこの時期に秀作がなかったというのではない。

大正時代後期の童話作品で、今日までその生命を伝えている作品に有島武郎の「一房の葡萄」「溺れかけた兄妹」「碁石を呑んだ八つちゃん」、島崎藤村の『をさなものがたり』『ふるさと』『をさなきものに』、童話専門の作家でコドモ社の「童話」に作品を書いていた千葉省三の「虎ちゃんの日記」、佐藤春夫の「蝗《いなご》の大旅行」「実さんの胡弓」、秋田雨雀の「先生のお墓」、小川未明の「赤い蠟燭と人魚」「小さき草と太陽」「野ばら」等があるが、小川未明の作品以外は、すべて自己の幼少時代の思い出か自己の直接的体験を作品化したものである。個々の作品はそれぞれ文体を異にするが、未明以外のこれらの秀れた作品が、題材を作品化するに際して自然主義文学的態度でのぞまれたことは興味深いことである。そして、これらの作品が日本の児童文学を、いつどこで誰かもわからない「むかしむかし」の説話的なお伽噺からリアリズムの方向へ導いていったのであった。

賢治の童話は幻想や空想が豊かであるため、ややもすると夢を描いた作品ととられることがあるが、啄木の自然主義的短歌によって培われてきた生命の記録としての心象スケッチであることを考えると、作品の底に、作品化する態度に、大正後期の秀作に共通する自然主義文学的なもののあったことがわかるのである。

妹としの死

農学校時代に直面した妹としの死は、賢治の生涯中でも最もショッキングなできごとの一つであった。

賢治はとし病気の報に東京から帰郷し、その十二月、農学校の教諭になったのだが、翌年の大正十一年七月、としは下根子桜の別荘にその病軀を移した。そこは、数年後賢治が羅須地人協会を開いた家である。現在はその家のあとに「雨ニモマケズ」の詩碑が立っている。

別荘は明治の末頃建てられた二階家で、下に八畳・六畳・台所・フロ場があり、としは八畳間に欅《けやき》づくりのベッドを持ちこんで就寝していた。看護婦をつけ、賢治も寝泊りして心を尽して看病した。もちろん、童話や詩はここでも書き続けられた。

十一月二十七日であった。東北の早い鉛色の冬空からみぞれが降っていた。としの病体は急激に悪化した。父母も弟の清六や妹のしげも知らせを聞いてとんできた。親族たちも次々と集まってきた。病魔は刻一刻としのからだを蝕んでいった。

その時、みんなに見守られていたとしは賢治に最後の頼みをつぶやいた。

あめゆぢゆとてちてけんじや

（永訣の朝）

賢治は妹の頼みに、暗い陰気な戸外へ鉄砲玉のように飛び出していく。

死ぬといふいまごろになつて
わたくしをいつしやうあかるくするために
こんなさつぱりした雪のひとわんを
おまへはわたしにたのんだのだ
ありがたうわたくしのけなげないもうとよ

（永訣の朝）

父と信仰を異にした賢治にとって、この同じ法華経を信ずる妹はことに可愛い存在だった。盛岡高農時代には、ちょうど、東京の日本女子大の寄宿舎にいた妹から毎週手紙が届けられた。帰郷して病床に臥していた時には、賢治と同じように賢治の歌稿に愛着を持ち、きちんと清書して綴じてくれたのも妹であった。

おお　おまへはまるでとびつくやうに
そのみどりの葉にあつい頬をあてる
そんな植物性の青い針のなかに
はげしく頬を刺させることは
どんなにみんなをおどろかすことか
そんなにまでもおまへは林へ行きたかつたのだ

（「松の針」）

妹は県立花巻高等女学校在学中には開校以来の俊才と言われていた。信仰を同じくした明敏な妹を賢治も強く愛した。日本女子大在学中発病した妹に対する看護ぶり、あの膨大な病状報告の手紙、また上京中、妹の発病を知った賢治が初念を破って帰郷したことなどは、妹への愛情の深さをよく物語っている。

「無声慟哭」中の詩編「永訣の朝」「松の針」「無声慟哭」は、臨終の妹を見つめる賢治の愛情が美しい。

（ああいい　さつぱりした

まるで林のながさ来たよだ》

（「松の針」）

賢治の妹の一人、次女のしげは大正十一年に結婚していたが、長女としは病弱なために当時独身であった。賢治のとって来た一椀の雪に妹は、林の中に来たようだとその喜びをあえぎあえぎ語るのである。

（おらおかないふうしてらべ）
何といふあきらめたやうな悲痛なわらひやうをしながら
またわたくしのどんなちいさな表情も
けつして見遁さないやうにしながら
おまへはけなげに母に訊くのだ
（うんにや　ずゐぶん立派だぢやい
　けふはほんとに立派だぢやい）
ほんたうにさうだ
髪だつていつさうくろいし
まるでこどもの苹果《りんご》の頬だ

……………………

《それでもからだくさがべ?》
《うんにや　いつかう》
ほんたうにそんなことはない
かへつてここはなつののはらの
ちひさな白い花の匂でいつぱいだから
ただわたくしはそれをいま言へないのだ
（わたくしは修羅をあるいてゐるのだから）
わたくしのかなしさうな眼をしてゐるのは
わたくしのふたつのこころをみつめてゐるためだ
ああそんなに
かなしく眼をそらしてはいけない

（「無声慟哭」）

臨終前まで、賢治はとしをはげまして南無妙法蓮華経のお題目をとなえ、またとしも胸の上に合掌して、弱々しい声ながら無上道の彼岸《ひがん》へおもむこうと唱和していた。

そんな妹であったのに、臨終の今になっても、まだ心もからだも苦しみ続けている。愛する妹の現実の死に直面して、賢治の描いていた死の観念が動揺する。賢治は妹の臨終を直視する。

その夜、八時三十分妹は死んだ。賢治は妹の首をささえ、胸を抱きしめてその名を呼び、慟哭《どうこく》した。妹の棺は、ちょうど焼き場が焼失したというので、野天の下に枯れ萱をつんで火葬した。遺体の燃えつきる間、賢治はりんりんと寿量品をよみつづけた。

翌年の一月、賢治の主張で妹の分骨は国柱会の妙宗大霊廟へ収められた。

妹 と し

妹の死の与えた衝動は大きく、賢治はその日まであふれ出ていた詩を、ぷっつりと止めてしまう。大正十二年六月まで続くのである。

とし子とし子
野原へ来れば
また風の中に立てば
きつとおまへをおもひだす
おまへはその巨きな木星のうへに居るのか
鋼青壮麗のそらのむかふ

（ああけれどもそのどこかも知れない空間で）
光の紐やオーケストラがほんたうにあるのか
………此処あ日《ひ》あ永《な》あがくて
　一日のうちの何時だがもわからないで………
ただひときれのおまへからの通信が
いつか汽車のなかでわたくしにとどいただけだ
とし子　わたくしは高く呼んでみようか

（「風林」）

七カ月たっても賢治の哀傷は去らない。『古事記』の英雄倭建命が死んで御陵《ごりよう》に埋められた時、妃《きさき》や子供たちが泣く中を一羽の白い鳥が飛び立った。妃や子供たちは白い鳥を命《みこと》と思って、浜辺の蘆に傷つきながら追いかけた。この故事のように、賢治の心も飛び立つ鳥にさえおどろかされるのである。

七月三十一日、賢治は青森・北海道・樺太を旅行する。前述した非行生徒の就職依頼に盛岡高農時代の先輩を頼って行く。まだ去らない妹の死の哀傷をかかえての旅行であった。そしてこの旅行中に、壮麗な「青森挽歌」「宗谷挽歌」「オホーツク挽歌」「噴火湾（ノクターン）」の妹への挽歌が歌われたのである。

こんなやみよののはらのなかをゆくときは

客車のまどはみんな水族館の窓になる
（乾いたでんしんばしらの列が
せはしく遷つてゐるらしい
きしやは銀河系の玲瓏《れいろう》レンズ
巨きな水素のりんごのなかをかけてゐる）

「青森挽歌」の冒頭である。このようにして、青森へ向かう夜汽車は賢治の幻想をよびさます。幻想の中で賢治は死んだ妹の通って行った道を探す。

かんがへださなければならないことは
どうしてもかんがへださなければならない
とし子はみんなが死ぬとなづける
そのやりかたを通つて行き
それからさきどこへ行つたかわからない
それはおれたちの空間の方向ではかられない
感ぜられない方向を感じようとするときは

たれだつてみんなぐるぐるする
（「青森挽歌」）

短歌では死んださそりをさそり座として復活させたし、童話「よだかの星」ではやはり死んだよだかに輝かしい星としての位置を与えた賢治であったが、現実の死との対決が、それ以前の安易な死の観念を打ち破った。賢治は死の意味を、死の評価を、死の意義を考え出そうとするのである。

とし子ほんたうに私の考へてゐた通り
おまへがいま自分のことを苦にしないで行けるやうな
そんなしあはせがなくて
従つて私たちの行かうとするみちが
ほんたうのものでないならば
あらんかぎり大きな勇気を出し
私の見えない空間で
おまへを包むさまざまな障害を
衝きやぶつて来て私に知らせてくれ

われわれが信じわれわれの行かうとするみちが
もしまちがひであつたなら
究竟の幸福にいたらないなら
いままつすぐにやつて来て
私にそれを知らせて呉れ
みんなのほんたうの幸福を求めてなら
私たちはこのまゝこのまつくらな
海に封ぜられても悔いてはいけない

（「宗谷挽歌」）

愛する一人の妹の死が無上道の彼岸にさえも疑いをよせさせる。

この旅行中の賢治は最後まで「わたくしのかなしみにいぢけた感情は　どうしてもどこかにかくされたとし子をおもふ」（「噴火湾」）とその悲しみを消しさることができなかった。生死の海を渡る方法手段をなくした賢治が、現実の死に直面して、その真義を解きあかすこともできず、その矛盾を超越することもできずに、最後まで自己の哀傷に執着したのである。賢治は法華経の信者であったが、これらの詩編に見られる限りでは、詩人賢治の面目が躍如しているあまり、真の宗教者としての姿には遠いようにさえ思われるのである。

臨終を歌った「無声慟哭」と挽歌の詩編は、汽車のきしみの陰影の中で、賢治の豊麗悲壮な心象が幻想となり、あるいは科学用語の氾濫《はんらん》となり、文学作品としてはまとまりが危ぶまれるほどの振幅をもちながらみごとに記録されていったのである。

前にも述べたとおり、盛岡高農研究科時代に賢治は童話風の「手紙」をプリントして各方面へ郵送したことがあったが、「手紙四」と分類されているものだけはこの時期に書かれたものであり、妹の死を扱ったものである。その中に、

「チユンセがもしポーセをほんたうにかあいさうにおもふなら大きな勇気を出してすべてのいきもののほんたうの幸福をさがさなければいけない」

とある。妹の死が、賢治の理想、あらゆる生物の究境の幸福を強く再認識させたのであった。更に、幸福を願うのでなく、さがすといっているところに賢治の積極的で現実的な決意が読みとれるのである。

妹としの死後書かれた童話に「シグナルとシグナレス」という作品がある。祈りによって、周囲の障害を逃れ四次元意識の夢の世界で二人の恋は結ばれる。ところが最後には再び冷徹な現実の地上に戻り「二人は又ほつと小さな息」をするという話である。

これは大正十二年六月、「岩手毎日新聞」に掲載された。前に述べた「オツペルと象」と同じく、妹の死以前には見られなかった現実的な態度が注目される。

また絢爛《けんらん》豪華な『銀河鉄道の夜』の初稿がなったのは大正十四年と推定されるが、この作品は賢治が実生

活でも作品の上でも、精神的感覚的な世界からより積極的に現実との対決へと向かって行く、過渡期の記念碑的作品である。親友カムパネルラの死にあったジョバンニが、死んだカムパネルラをたずねて四次元意識の中の華麗な宇宙的世界を旅したあげく、ついに「さあもうきつと、僕は僕のために、僕のお母さんのために、カムパネルラのために、みんなのために、ほんたうのほんたうの幸福をさがすぞ」と決意し、更に「夢の鉄道の中でなしに本当の世界の火やはげしい波の中を大股にまつすぐに歩いて」行こうと現実社会に向かって足を一歩進めるのである。

賢治は、こうして次の羅須地人協会での実践的な農村活動へと近づいていったのである。

献身と奉仕の中で
──農村救済に奔走──

大正十四年六月二十七日、斉藤真一にあてた書簡に、「わたくしも来春は教師をやめて本統の百姓になります」と記している。また同年十月二十五日に作られた詩「告別」にもこう記されている。

花巻農学校退職

云はなかつたが
おれは四月はもう学校に居ないのだ
恐らく暗いけはしいみちをあるくだらう
そのあとでおまへはいまのちからにぶり
きれいな音が正しい調子とその明るさを失つて
ふたたび回復できないならば
おれはおまへをもう見ない
なぜならおれは

羅須地人協会

　すこしぐらゐの仕事ができて
　そいつに腰をかけてるやうな
　そんな多数をいちばんいやにおもふのだ

農学校の教師生活を後年回顧して、最も愉快な明るいものだったと語った賢治が、なぜ退職を決意したのであろうか。現実社会での葛藤の中に身を置こうと決意した賢治であるが、それがすぐに農学校退職に結びついたとは思われない。

大正十四年二月十四日、森佐一（森荘已池）に宛てた書簡に「しかもいま Misanthropy《ミザンスロピー》 が氷のやうにわたくしを襲つてゐます」と記されているが、何が賢治を misanthropy（人間嫌い）にしたのであろう。種種の理由が考えられるが、まず『春と修羅』に続く『注文の多い料理店』出版の失敗がある。同じ森佐一に宛てた書簡にその不評ぶりをぶちまけているところから、これが人間嫌いの大きな理由と考えられる。

また大正十三年に同僚の教師奥寺五郎が死んだことも、その理由の一つに数えられよう。賢治は闘病中、休職を続けた奥寺の経済生活を自身の給料の三割くらい毎月出して援助していたが、人からほどこしを受けることを望まなかった奥寺に、善行をするという自己満足のために助けるならやめてくれとまで言われている。その奥寺が、賢治の熱誠も空しく死んだのであった。

また大正十三年夏に、土地の有志が、賢治も一役買った温泉発掘のボーリンをはじめたが失敗に終わる。この事件も、その理由に数えられるかもしれない。

大正十四年一月五日に記された詩「異途の出発」に次のような一節がある。

あてなくひとり下り立てば
あしもとは軋り
寒冷でまつくろな空虚は
がらんと額に臨んでゐる
…………………………
みんなに義理を欠いてまで
気負んだ旅に出るといつても
結局荒んだ海辺の原や
林の底の渦巻く雪に

からだをいためて来るだけだから
ほんたうはどうしてい丶かわからない

また同年二月五日に記された詩「冬」はこのようにはじめられる。

がらにもない商策なんぞたてようとしたから
そんな嫌人症《ミザンスロピー》にとつつかまつたんだ
……とんとん叩いてゐやがるな…………

この二編の詩が嫌人症になった理由を明らかにしてはいないが、後に賢治が回想した快適な教師時代の生活が決してそんな面だけでなく、当時にあっては、暗い孤独に賢治をおとし入れたことのあったことを示している。二編の詩の「異途の出発」が『注文の多い料理店』出版から十数日後、「冬」が約一ヵ月後であるから、二冊の自費出版の不評が、特に大きな嫌人症の理由であったかもしれない。

妹の死後の賢治はこのようにいろいろな現実面での積極的行動をとっていったのだが、そのことごとくが順調には進展を見せなかったのである。「異途の出発」に暗示されるように、この頃賢治は進むべき道、生活の転換を考え始めてもいるようである。

このようなミザンスロピイにとらえられたころに、農学校退職の決意が固められたようである。賢治は、農学校時代生徒たちに「学校を出たら百姓をやれ」と常に語っていた。また現実を直視する賢治の目には、郷土岩手の天災に苦しめられる貧しく非科学的な農民の姿が、はっきりと見えはじめていたのである。

大正十四年十二月一日、当時弘前の歩兵連隊にいた弟清六にあてた書簡には「この頃畠山校長が転任して新らしい校長が来たりわたくしも義理でやめなければならなくなつたりいろいろごたごたがあつた」と記している。賢治を農学校に誘った畠山校長には恩義を感じていたのであろうから、その退陣が最終的に賢治に退職を決意させたとは言えそうである。

大正十五年三月、賢治は花巻農学校を依願退職した。そして、花巻町下根子桜の祖父が建て、妹としが病臥した二階建の別荘で独居自炊の生活に入ったのである。

また、時同じく春から宮沢家は質屋兼古着屋をやめ、金物

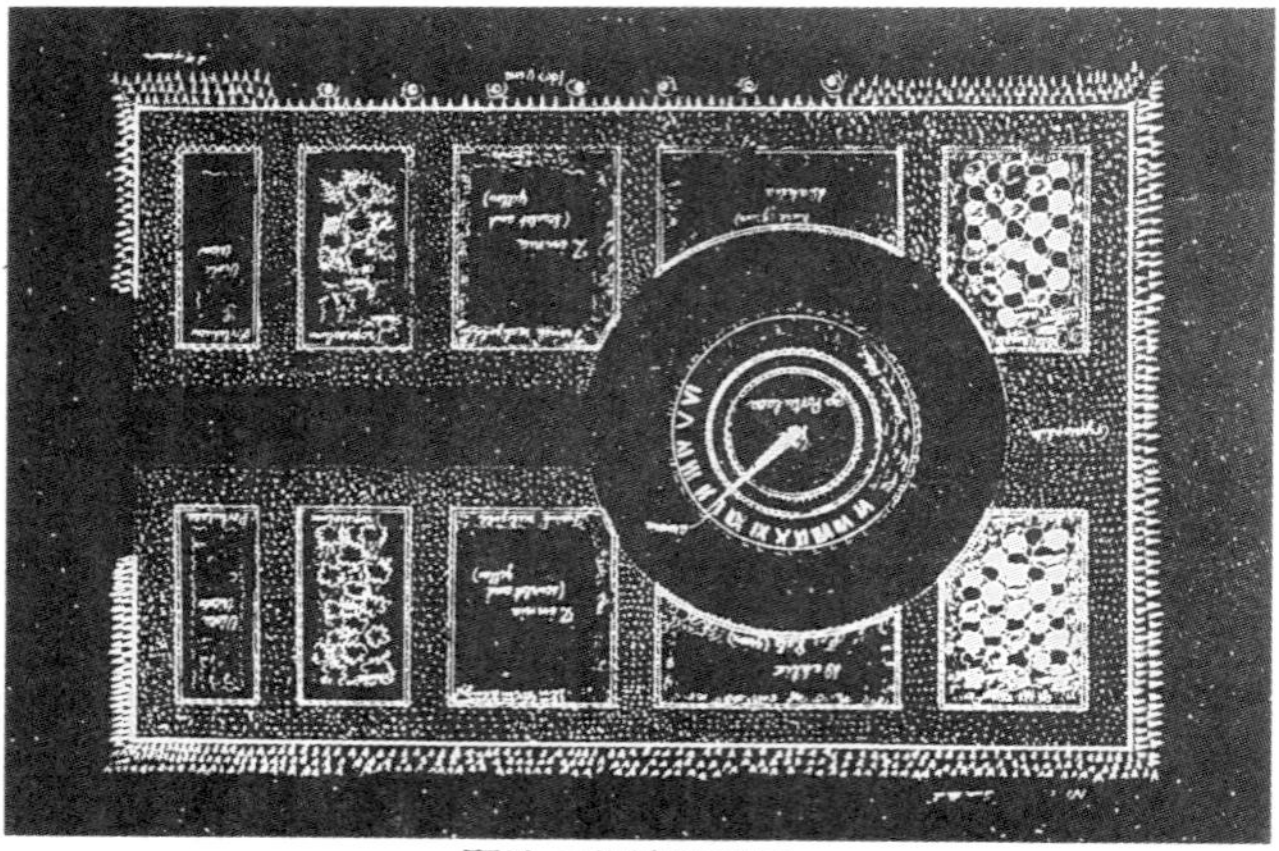

賢治の花壇設計図

店を開業し、建築材料などを扱うことになる。賢治の少年時代からの願いの一つが実現したのである。

「学校をやめて今日で四日、木を伐つたり木を植ゑたり病院の花壇をつくつたりしてゐました。もう厭でもなんでも村で働かなければならなくなりました。東京へその前ちよつと出たいのですがどうなりますか。」

これは東京に出た森佐一にあてた書簡である。この文面から想像すると、退職して農民生活をするという事が、初一念を貫いたということではないように思われる。他にも考えたことがあったようにも受け取れるのである。たとえば、二冊の出版を礎石にすえて再び上京して、文芸による理想の実現を目指すという風な事が。そして、それが出版の不当な評価と家庭の反対で挫折したというように。

なにがいつたい脚本です
あなたのむら気な教養と
愚にもつかない虚名のために
そこらの野原のこどもらが
小さな赤いもゝひきや
足袋ももたずにゐるのです
旧年末に家長らが
魚や薬の市に来て

溜息しながら夕方まで
行つたり来たりするのです
さういふ犠牲に値する
巨匠はいつたい何者ですか
さういふ犠牲に対立し得る
作品こそはどれなのですか

詩「詩への愛憎」の一節である。不当な評価が賢治を叩きのめした。しかし賢治には大きな気《き》魄《はく》が残されていた。昭和に入ってから漸次減少してはいるが、詩作も童話も書きつがれ、未定稿の童話原稿の推敲も続けられている。

……眼に象つて
かなしい眼に象つて
あらゆる好意や戒めを
それが安易であるばかりに
ことさら嘲けり払つたあと

こゝには乱れる憤りと
病ひに移化する困憊ばかり

同じころ作られた詩「移化する雲（飄雲）」である。激しい覇気と怒りによって自らをストイックに律した賢治であるが、頑健とは決して言えないからだに肉体労働の重みはこたえたであろうし、周囲の農民たちの目は決して賢治にとって愉快なものではなかったであろう。

書簡にある上京の希望はその後十二月に実現し、エスペラント語の学習、セロ、オルガン、タイプライターの習得がなされたのである。

陽が照つて鳥が啼《な》き
あちこちの楢の林も
けむるとき
ぎちぎちと鳴る汚い掌を
おれはこれからもつことになる

五月二日に記された詩「春」である。農民として労働生活に入る決意を賢治はまるで自分を促すように述べている。この頃から賢治はレコード・コンサートや子供会を始めてもいる。

賢治は、まず家の周囲を整地して、花壇と小さな畑を作った。そして、更に北上川の見える崖下の沖積砂土を開墾して畑地とした。その当時の賢治を見た農学校の教え子は、その日にやけた傷だらけの姿に驚かされたものである。食事は、朝たいた飯を腐らないように井戸につるしておき、昼食・夕食に、時には次の日の食事にしたという。おかずは少しの漬物で間に合わしていた。

程吉はまた横目でみる
わたくしのレアカーのなかの
青い雪菜が原因ならば
それは一種の嫉視であるが
軽く明日は消える
切りとつてきた六本の
ヒアシンスの穂が原因ならば
それもなかばは嫉視であつて
わたくしはそれを作らなければそれで済む

（「作品一〇四二番」）

耕作した畑に賢治は、白菜やトマトと、当時花巻ではめったに見られなかったチューリップやヒアシンスを植えていた。収穫すると町へ売りに出かけていった。賢治だけ作る花や、機動的なリヤカーは農民たちの羨望の的であった。ねたみもあった。花巻の富裕な商人の道楽息子ぐらいとしか農民たちは考えなかった。

われわれ学校を出て来たもの
われわれ町に育つたもの
われわれ月給をとつたことのあるもの
それ全体への疑ひや
漠然とした反感ならば
容易にこれは抜き得ない

同じく「作品一〇四二番」に賢治が記したように、賢治をエリートとしてみる冷たい偏見が渦巻いていたようである。

大正十五年のはじめ頃岩手県に二、三ヵ月の短期間で農村の中堅指導者を訓練するための国民高等学校というのが開設され、花巻農学校の職員は県の依頼でその嘱託となった。賢治もその依頼を受け、芸術概論や肥料を講義した。現在残っている「農民芸術概論綱要」は大正十五年六月に書かれたもので、国民高等学校の講義メモの発展したものであろう。

羅須地人協会

賢治は大正十五年八月十六日、旧盆の日を期して羅須地人協会を設立し、この日を農民祭の日と定めた。すなわち下根子桜の家が協会であり、ここで賢治は農村青年に農民芸術、稲作法、科学などを講義した。また付近の村に肥料設計所を設け、稲作指導、肥料設計を行なった。協会の会員は会費その他一切なく、肥料設計も稲作指導も無料で行なわれていたのである。賢治のこうした奉仕は農村改良という使命感の大きな現われであるが、反面自己の家を短歌で蛭《ひる》やさそりにたとえた作品があるほどに、社会に対する被告としての意識の強烈さをも物語っている。

「おれたちはみな農民である　ずゐぶん忙しくて仕事もつらい　もつと明るく生き生きと　生活をする道を見付けたい」と「農民芸術概論綱要」の序にうたったように、賢治は農民生活のあらゆる面の合理的な改革へと向かったのであった。子供会は土曜日ごとに開かれ、農村の子供たちは賢治の語るアンデルセンやグリムや自作の童話に目を輝かせた。また協会では講義のほかに持ち寄り競売やレコード交換会を設けた。

賢治の生活は農業労働、稲作指導、肥料設計、子供会、作詩と多忙をきわめていた。更にヴァイオリン、セロの練習もした。童話「セロ弾きのゴーシュ」はへたなセロ弾きだったが、賢治はオルガンも弾くように多才であった。

協会には二十人ほどの青年たちが集まってきた。教え子や農業研究家たちであった。後に「土に叫ぶ」

（昭和十三年）を書いた農村運動家松田甚次郎も協会で賢治の教えを受けた一人である。

稲作指導・肥料設計

盛岡高農、花巻農校で貯えた科学知識のすべてを傾注して、賢治は米の増収をくわだてた。しかし、たとえどんなに強靱《きょうじん》な稲であっても、どんなに秀れた肥料設計であっても自然の災いの前には屈することもある。賢治は、再三のこうした天災の前に屈服しかけたこともあった。しかし、賢治は体の続くかぎり身を粉にして農村改革に働いた。

十に一つも起きられまいと思つてゐたものが
わづかの苗のつくり方のちがひや
燐酸のやり方のために
今日はそろつてみな起きてゐる
もう村ごとの反当に
四石の稲はかならずとれる
…………………………
あゝわれわれは曠野のなかに
蘆とも見えるまで逞ましくさやぐ稲田のなかに

素朴なむかしの神々のやうに
べんぶしてもべんぶしても足りない

努力の実った「和風は河谷いっぱいに吹く」は賢治と農民の歓喜の歌声を伝えている。昭和二年七月の作品である。昭和二年の六月には二千枚の肥料設計図を書いたという賢治は、その夏中、風雨の日には水田をかけまわり、万一の場合には全額弁償すると、悲痛な面持ちの農民をはげまして歩いたのである。また、賢治は疲労したからだにむちうって、常に測候所と連絡をたもち続け、またたくまに変化してやまない東北の天候に一喜一憂していたのであった。

羅須地人協会は、大正十五年八月に発足して昭和三年八月、稲作不良を心配して風雨の中を奔走した結果、賢治が病床に倒れるまでの二年五ヵ月の間続けられたのであったが、稲作指導や肥料設計の方は死ぬ直前まで継続している。

社会主義への接近　賢治がエスペラント語を学習したのは、大正十五年十二月の上京の折であった。ポーランドの絶対平和主義者ザーメンホフによって創始されたエスペラント語の運動は、社会主義者大杉栄らの手によって初めて我が国に紹介されたものであるが、日露戦争後、ロシアのトルストイアンの呼びかけによって、二葉亭四迷が果たした役割も大きい。四迷は我国で最初の「世界語」というパンフレットまで出版している。日本に伝えられた後のエスペラント平和運動は完全に進歩的階級の手によって受けつがれてきたのである。

秋田雨雀が「私にとっては、エスペラントは最初から単に言語の問題ではなく、生活の問題だったのです。そのころ、いかにして生きていくべきかということが切実な問題だったのです。」（「雨雀自伝」）と大正四年、熱心なエスペラティストであった盲目のロシアの詩人エロシェンコによって、エスペラント語を知った感動を記しているように、エスペラント運動は日本が第一次世界大戦に加わった頃の日本知識階級の思想であった。これら進歩的エスペランティストのほとんどが、大正末期の社会主義運動に参加することにもなるのである。

このような背景を持つエスペラント語に、あらゆる生物の究竟の幸福を理想とした賢治が接近したことはしごく当り前のような気がする。

これからの本当の勉強はねえ
テニスをしながら商売の先生から
義理で教はることでないんだ
きみのやうにさ
吹雪やわづかの仕事のひまで

泣きながら
からだに刻んで行く勉強が
まもなくぐんぐん強い芽を噴いて
どこまでのびるかわからない
それがこれからのあたらしい学問のはじまりなんだ

（「稲作挿話」）

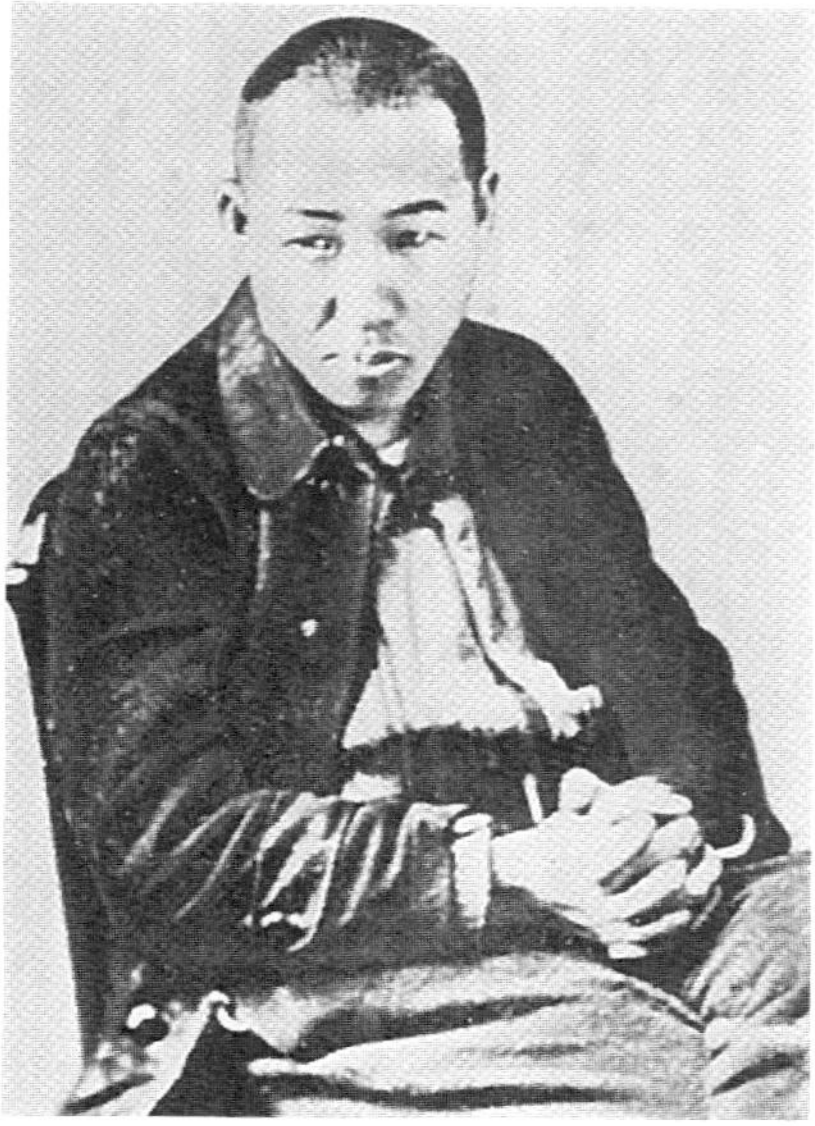

自耕自作時代の賢治

「稲作挿話」にえがかれた労働を核とした、人間に許された唯一の肉体をもととした、生産生活によるこれからの新しい社会は、すぐさま賢治の社会主義への傾斜を思わせる。もっとも、それ以前の童話「注文の多い料理店」では商業主義の矛盾を、「オッペルと象」では労働階級から不当に搾取する資本家をカリカチュアとして描いていること、更に家業に対する深い嫌悪感を持っていたことは、既に早くから賢治が素朴な意味で資本主義の矛盾に気づき、社会主義的傾向にあったことを示している。しかし、たびたび書いてきたように、それらの現実批判は、作品の中では四次元意識の世界で成就されるという方法がとられてきた。賢治の描く調和の世界には、葛藤がなかったのである。賢治が死ぬ前年、母木光（儀府成一）にあてた書簡にある通りだったのである。

「ただ作の構造としては何かの期待を終りまで持ち越し、それがたうとう解決されないといふ気分を齎さないかと思ひます………物語がはじめも中頃も現実に近い人物を扱つて、終り頃風魔といふ神秘的なものが一つだけでてくること、これは神秘を強調する為には有効で、作を一つの図案或ひは建築として見ると不満があるのではないかと存じます。たとへばこの作がガラス製のパンテオンの模型であるとしてその一本の隅の柱だけが（希臘神話ですが）色ガラスであるといふやうな感じです。」（昭和七年六月十九日）

母木光の童話の批評であるが、たくまずして賢治自身の実践活動に入る以前ころの作品の批判ともなっている。「オッペルと象」の搾取する農園主への攻撃は、昔話に出てくる神秘的な童子の仲介によって成功した。助けられた白象が最後に「さびしく」笑うのは、より積極的に現実の修羅の種々相に立ち向かっていこうとする過渡期の、まだ明日のイメージを夢のようにしかつかんでいなかった賢治のさびしさだったのである。こうした四次元意識の世界での解決・成就の方法は、昔話の宝庫であるイーハトーヴ陸奥《みちのく》ではぐくまれた賢治の資質からきたものであろうし、大乗仏教の文芸による普及が理由として考えられよう。

賢治のあらゆる生物の究竟の幸福の理想が、東北農民の悲惨な現実を見るにつけ、しだいに東北農民の幸福へと凝縮していった。賢治の明日のイメージは確立した。そして実践的な農村救済活動へ入ったのである。帝政ロシアから社会主義国に移る過渡期を真剣に生きた進歩的貴族の典型トルストイの、農民と生活を共にする懺悔的生涯は、多くのことを賢治に示唆した。賢治は芸術と科学と宗教によって、農民の救済と啓蒙に奉仕した。そして、社会主義に傾斜していくのであった。前の詩の労働を基本単位とした生活へ、童話「ポラーノの広場」の産業組合へと。

しかし、商人を商業主義を徹底的に嫌悪した賢治だったが、彼自身が農村では場ちがいの都会育ちの商家の子弟であった。激しい対立はあったが、賢治は常に父の庇護のもとに育ってきた。賢治は父を否定できず、調和を求めた。なにしろ、賢治の実践活動をうらづけたのは父の経済力であった。賢治の社会主義的傾向はもうそれ以上進まなかった。そして、体力の限界が実践活動を挫折させ、ついに賢治を家との調和へのめりこませるのである。一時は接近していたアナーキズム的な詩誌「銅羅」であったが、その挫折とともに賢治は離れていく。そして昭和七年にはアナーキズム的傾向のある草野心平に「主義のちがひ」を書いた手紙を書きかけており、病中の「雨ニモマケズ」の手帳には「不徳の思想」とまで記されている。

賢治と女性

賢治の女性関係は、大正三年盛岡中学を卒業して、鼻の手術のため入院した時、同年の看護婦に淡い初恋を感じたぐらいで、その後は全くなかったと言ってよい。

しかし、賢治が女性に全く関心がなかったかというとそうではなく、一時さかんに収集していた浮世絵を友人と批評しあったりもしているし、ハバロック・エリスの『性学大系』などを原書で読んだりもしている。賢治の性欲に対する見解は少し変っていて、自己をストイックな禁欲生活でしばっていたと言うことができる。労働と性欲、性欲と思索、思索と労働は両立するが、この三者をうまく調和させていくことはできないとして、賢治は労働と思索の生活にしぼったわけである。花巻高女の友人藤原嘉藤治に「性欲の乱費は、君自殺だよ。いい仕事はできないよ。瞳だけでいいぢやないか触れて見なくつたつていいよ。」と語ったこともあった。

もちろん、賢治にも人なみの性欲はあった。性欲の本能がからだをかけめぐる時は、山野を歩きまわって克服した。

といっても、賢治が女性を美化していたということではない。ごく初期の短い散文「女」には、「まつくらな家の中には、黄いろなランプがぼんやり点いて、顔のまつかな若い女が、ひとりでせはしく飯をかきこんでゐる」とあり、若い賢治が女性を暗い陰欝な存在としてとらえていたことが知られる。また同じく初期の、おそらく盛岡高農研究科時代の作品と思われる短編「十六日」によれば、賢治が男女関係の機微にも通暁《つうぎょう》していたことを知ることができる。旧盆の十六

母が呼ぶ「ケンサ」を高村光太郎が書いたもの

日、鉱夫の嘉吉夫婦の家へ、鉄槌を持った大学生が道をたずねにやって来た。化石を取りに来たという律儀な若い学生が去ったあと、妻のおみちは「嘉吉がおみちを知つてから、わづかに二度だけ見た表情」でぼんやりしている。

「（おらにもああいふ若いづぎあつたんだがな、ああいふ面白い目見る暇ないがつだもな。）嘉吉が言つた。

（あん。）おみちは、まだぼんやりして何か考へてゐた。

嘉吉はかつとなつた。

（ぢやい、はきはきど返事せぢや。何であ、あだな人形こ奴さあすぐにほれやがて。）

（何言ふべこの人あ。）おみちは、さあつと青白くなつて、また赤くなつた。」

ふとしたことで嫉妬《しっと》を感じた朴訥《ぼくとつ》な嘉吉はこういっておみちを蹴とばした。楽しい旧盆の休日が不愉快なものになってしまった。しかし嘉吉はまたおみちが哀れに思えてきて「邪推」かもしれない。おれは「大学生とでも引け目なしにぱりぱり」話したたし、おれには「鉱夫どもにさへ馬鹿にされない肩や腕の力」があり、何と言っても「おれの方が勝ち目」があると考える。

「（おみち、ちよつとこさ来）嘉吉が言つた。

おみちはだまつて来て首を垂れて坐つた。

（うなまるで冗談づごど判らないで面白ぐないもな。盆の十六日あ遊ばないばつまらない。おれ言つたなみならそさ。な。それでもああいふきれいな男、うなだて好きだべ。）

（好かない。）おみちが甘へるやうに言つた。」

こうして嘉吉は、子供のように甘え出したおみちを抱いて笑い、晴れ晴れした気持ちになる。

おそらく盛岡高農研究科時代、助手として土質調査にしたがった時の体験のスケッチであろう。人間感情の断面をたくみにとらえているが、ここに現われた女性に対してもやはり、前の「女」と同じく、青年時代の賢治にしては何か憂欝なさめたとらえ方をしているように思われる。更に、この作品で注意したいのは、既にその頃、後年の、前に引用した詩「作品一〇四二番」等に書かれた階級的な漠然とした反感を、賢治がひしひしと感じとっていたことである。

女性に対してこのような考え方をし、禁欲生活に身を律していた羅須地人協会時代の賢治の前に、一人の女性が現われた。その女性は花巻近在の村で小学校教員をしていたが、折しもその村へ稲作指導に来た賢治に親近感を持ったのであった。彼女はクリスチャンであった。おそらく、賢治の身を犠牲にして献身的に農村に奉仕する姿に共感を持ち、変人というような批評はあったかもしれないが、地方作家にしては郷土でも知られだした賢治に思慕や尊敬の気持ちを持ったのであろう。また、なりふりかまわず、食事も満足にしていないような賢治に母性本能をかきたてられたのかもしれない。彼女は賢治と接触するにつれ、結婚の意志を固めていったのである。

めったに女性の出入りのない羅須地人協会の家に、会員たちがとまどうほど彼女は足しげく通ってきた。

この女性問題は賢治の一方的な拒否によってかたづくのだが、それにはおもしろいエピソードがいくつか伝えられている。

賢治は不在と嘘をついたり、かくれたりしたほかに、しかたない時には顔にわざと炭をぬって会ったり、自分を癩病であると吹聴《ふいちょう》したりした。また或る時、彼女が協会にいる時に来客があった。それで賢治が客と対談していると、彼女がカレー・ライスを作ってはこんできた。客は食べたが、賢治は「わたしには食べる資格がありません」と固く拒絶した。このように、それらのエピソードはその女性との経緯を伝えている。こうした賢治の拒否にあって、彼女の片恋は、逆に賢治をなじる方向へと変化していったのである。いろいろな場所で賢治に対する悪口がささやかれたそうである。

聖女のさましてちかづけるもの
たくらみすべてならずとて
いまわが像に釘うつとも
乞ひて弟子の礼とれる
いま名の故に足をもて
われに土をば送るとも
わがとり来しは

ただひとすぢのみちなれや

「雨ニモマケズ」の書かれていた死後発見された黒い手帳に、昭和六年十月二十四日として記されたものである。クリスチャンであった彼女のおとした影が、後年まで尾をひいているのである。まるで、聖人を思わせる伝聞された逸話である。もちろん、そこには清冽な賢治像を造型しようとする誇張があると思われる。父政次郎の「おまへの苦しみは自分で作ったことだ」と賢治を戒めた言葉が、この女性問題の的を射ているように思われる。彼女のしばしばの来訪を許し、協会であるといっても私室に引き入れ、彼女の好意を受け入れていたことは、結果において彼女の心をもて遊んだことになるかもしれない。しかし、それがわれわれの賢治像を傷つける何の役割も果たしはしない。より人間的な賢治の一面に、共感をさえ持てることなのである。彼女との険悪になった空気も昭和三年の賢治の発病によって、ただ賢治の心の中に黒い影を宿しただけでやがて自然消滅していったのである。

昭和三年の春のことであった。賢治の前にもう一人の女性が現われてきた。測候所のある水沢町の豪家伊藤家の七雄は賢治の友人であったが、それが妹のちゑを連れて花巻を訪ねてきた。見合いの意味があったのである。畠から呼び戻された賢治は、豊沢町の実家で兄妹と会った。伊藤七雄はドイツ留学中胸を患ったが、その療養もあって伊豆の大島に土地を買い、そこに園芸学校を建てたいということであった。賢治はいろいろと相談にのった。独身、禁欲を主張していた賢治であるが、このちゑには心がひかれたようで、友人の藤原嘉藤治に結婚の意志をもらしたこともあった。
同年初夏、賢治は上京し、六月十二日伊豆大島へ渡航した。詩「三原三部」の各詩編はこの時に作られたもので、伊藤ちゑとの再会の感慨も歌われている。

……南の海の
　南の海の
　はげしい熱気とけむりのなかから
　ひらかぬままにさえざえ芳り
　つひにひらかず水にこぼれる
　巨きな花の蕾《つぼみ》がある………

大島へ向かう船中での思いを歌った「三原三部」の第一部の一節である。旅は人を感傷的にするものであるが、賢治のちゑに対する思慕を読みとることができる。

　なぜわたくしは離れて来るその島を
　じつと見つめて来なかつたのでせう
…………………………

たうとうわたくしは
いそがしくあなた方を離れてしまつたのです

（第二部）

とか、

あなたの上のそらはいちめん
そらはいちめん
かゞやくかゞやく

（第三部）

にちゑに対する賢治の愛情は充分に読みとることができる。

性欲を自殺とまで考えていた賢治が、それほど時日を経ない昭和三年に結婚の意志をほのめかした。この一八〇度転換の理由は知るべくもないが、昭和三年一月十六日、新潟の詩人吉野信夫の発行していた雑誌「詩人時代」編集部にあてた書簡に「病気」とあるように、賢治のからだは過労と栄養不良のために漸次衰弱してきた頃で決して順調な時ではなかった。昭和三年は稲作指導・肥料設計など羅須地人協会の仕事を続けてはいたが、昭和二年の狂奔するような活躍ぶりは見られなかった。肥料設計も減ってきていた。

実践活動も肉体も詩作もおとろえはじめた下降の線上で、おそらく、両親は察知していたと思われる見合いを豊沢町の実家でしてみて、好きなタイプの女性であったことから、結婚が賢治の頭にわき出てきたと考えるのが妥当であろう。従前の賢治は、自己の結婚については否定的であったにしても、決して普遍的な結婚観として定着していたのでないことは、友人の藤原嘉藤治や花巻農校時代の同僚堀籠文之進に極力勧めて結婚に踏み切らせていることでもわかる。

こうした背景を秘めた「三原三部」であるが、その詩編の最も美しく楽しいところは、ちゑへの情を直接歌ったところではなく、第二部の農園設計であり、賢治のちゑに寄せた愛情がどんなものであったかもしれるのである。

しづかにまがつてこゝまで来れば
小屋は窓までナスタシヤだの
まつかなサイプレスヴアインだの
ぎらぎらひかる花壇で前をよそほはれ
つかれたその眼をめぐらせば
ふたたびさやかなこの緑色を見るでせう

これだけでまだ不足なら
さつきのみづきと畑のヘリの梓をすこうし伐りとつて
こゝへ一つつ六面体の
つたとあけびで覆はれた
茶亭をひとつ建てませう
梓はどの木も枝を残し
停車場などのあのYの字を柱にし
みづきの方は青い網にもこしらへませう

このような調子で一六二行にわたって、伊藤七雄兄妹の農園設計は記録されるのだが、その中の賢治の姿はいかにも楽しそうである。

もちろん、賢治の語る相手は伊藤ちゑではない。けれども、まるで恋人に話しかけるように賢治の姿は幸福にあふれている。おそらくちゑに対する愛情は激情的なものではなく、ちょうどこの農園設計のように落ち着いた秩序あるものだったにちがいない。

しかし、伊豆大島に渡航した二カ月後、稲作不良を心痛して風雨の中をかけまわり、ついに風邪をひき、やがて肋膜炎へ発展し、病床につくことになったために、実りを見ないで静かに消滅していったのである。

挫折

昭和三年初頭から漸次賢治のからだは衰弱してきたが、その心身の疲労を癒す暇もなく、六月には、かなりの数の肥料設計図をかいた。そして八月、気候不順の中を走りまわったのであった。

倒れかゝつた稲の間で
ある眼は白く忿つてゐたし
ある眼はさびしく正視を避けた
……そして結局おれのたづねて行くさきは
　あのまつ黒の雲のなか
　地べたについいたあのまつ黒な雲のなか……
もう村々も町々も
衰へるだけ衰へつくし
弱く半端なわれわれなどは
まつ先消えてなくなるもいゝ
……あつちもこつちも
　きちがひみたいに

ごろごろまはる空の水車だ………

「倒れかかつた稲の間で」はすでに絶望が現われ、「和風は河谷いっぱいに吹く」の何回かの気候不順を克服した情熱はどこにもない。からだの衰弱、農民たちの反感などが賢治を絶望へとかりたてたのであった。

そのまつくらな巨きなものを
おれはどうにも動かせない
結局おれではだめなのかなあ
……………………………
あゝ松を出て社殿をのぼり
絵馬や格子に囲まれた
うすくらがりの板の上に
からだを投げておれは泣きたい
（「そのまつくらな巨きなもの」）

使命感にもえた賢治の実践活動であったが、ついには、個人の力の限界をいやというほど見せつけられることになったのである。賢治が実践的な農村活動家としてすごした期間は、二年五ヵ月であった。短い期間であったが、賢治のした農村救済の献身的な努力の意義は、決して小さなものではない。たとえ技術的にはほんの少ししか寄与するところがなかったかもしれない。しかし、当時の農村は賢治がすべてを打ちこんで立ち向かうほどに、近代とは縁遠い「まっくらな」存在だったのである。賢治は三十二歳になっていた。

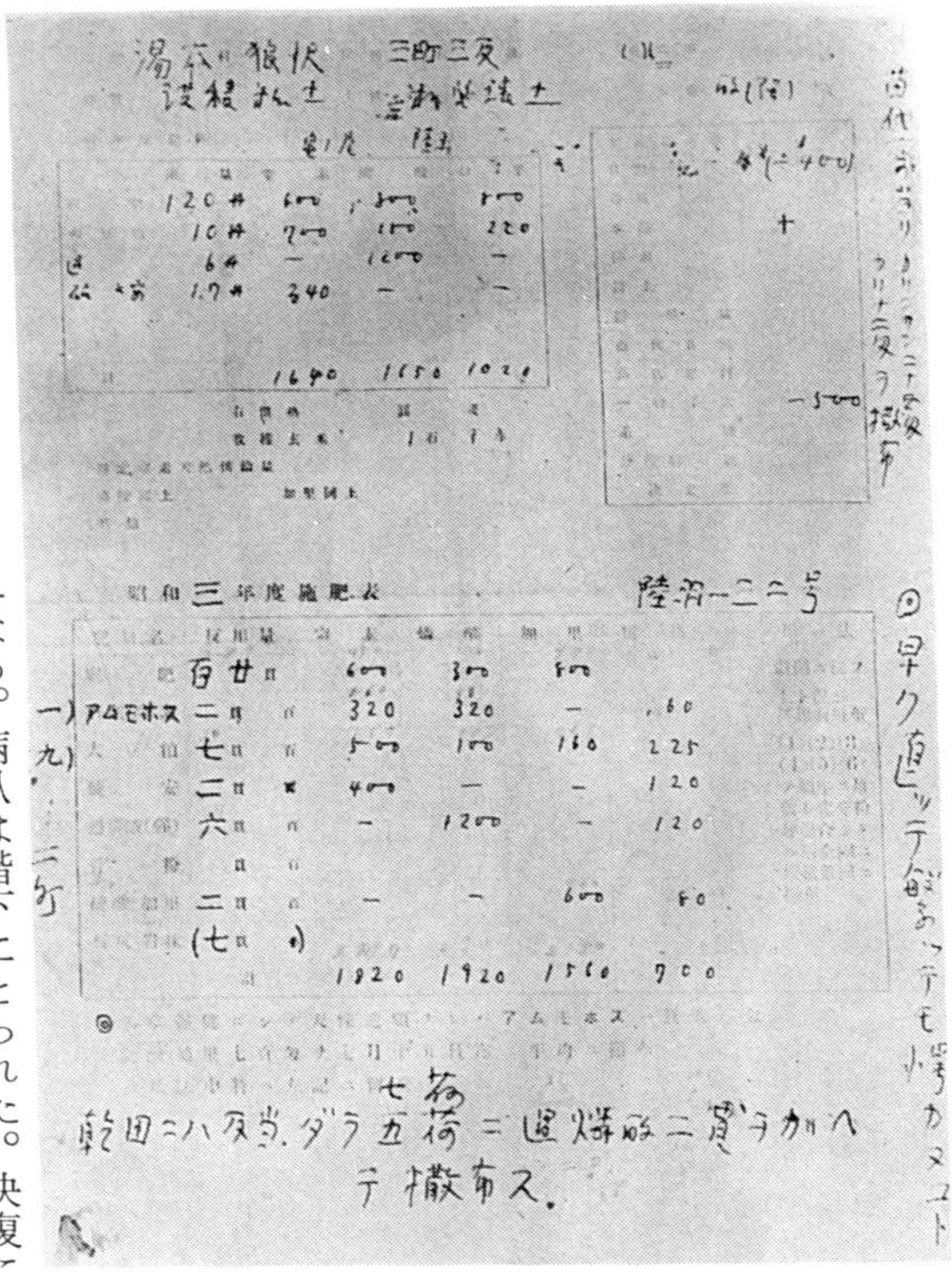

賢治の肥料設計図

病床

昭和三年八月、肋膜炎をおこした賢治は、豊沢町の実家へ帰り、病臥することになる。病臥は階下にとられた。快復に向かっていた十二月、運悪く急性肺炎となってしまう。寒く湿った室がいけなかったらしい。すぐに二階に病床を移されたのである。

賢治には「肺炎詩編」と言われる未定稿の数編があり、この病床で記されたものと推定される。また文語詩・俳句の創作も昭和五年一月から始められている。

いまわたくしの胸は
熱くかなしい鹹湖《かんこ》になり
岸には幾里も幾里も
まつ黒な鱗木類の林がつづく
そしていつたいわたくしは
爬虫類が鳥に変るまで
かうしてしづかに横はつてゐなければならないのか

「肺炎詩編」の一編である。賢治の詩は、大正十五年、実践活動に入った頃からしだいに魂の記録から生活記録的な心象スケッチとして頻出していたのであるが、それがこの病床にあっては異常な感官を通して歌い出されてくる。

あゝそのことは
どうか今夜は言はないで

どうか今夜は言はないで下さい
半分焼けてしまつた肺で
からくもからくも
炭酸を吐き
わづかの酸素を仰ぐいま
どうしてそれがきめられませう

これも「肺炎詩編」の一編である。病臥する賢治の枕許で父は賢治にせまる。具体的な問題はわからないが、羅須地人協会時代の農村救済の無料奉仕が空想的だ、足が地についていないとせめるのであろう。実践活動中の経済生活は、何と言っても父の援助によって成立していたのだから。

賢治の劇のメモの中に次のようなのがある。

禁治産　一幕
ある小ブルジョアの納戸

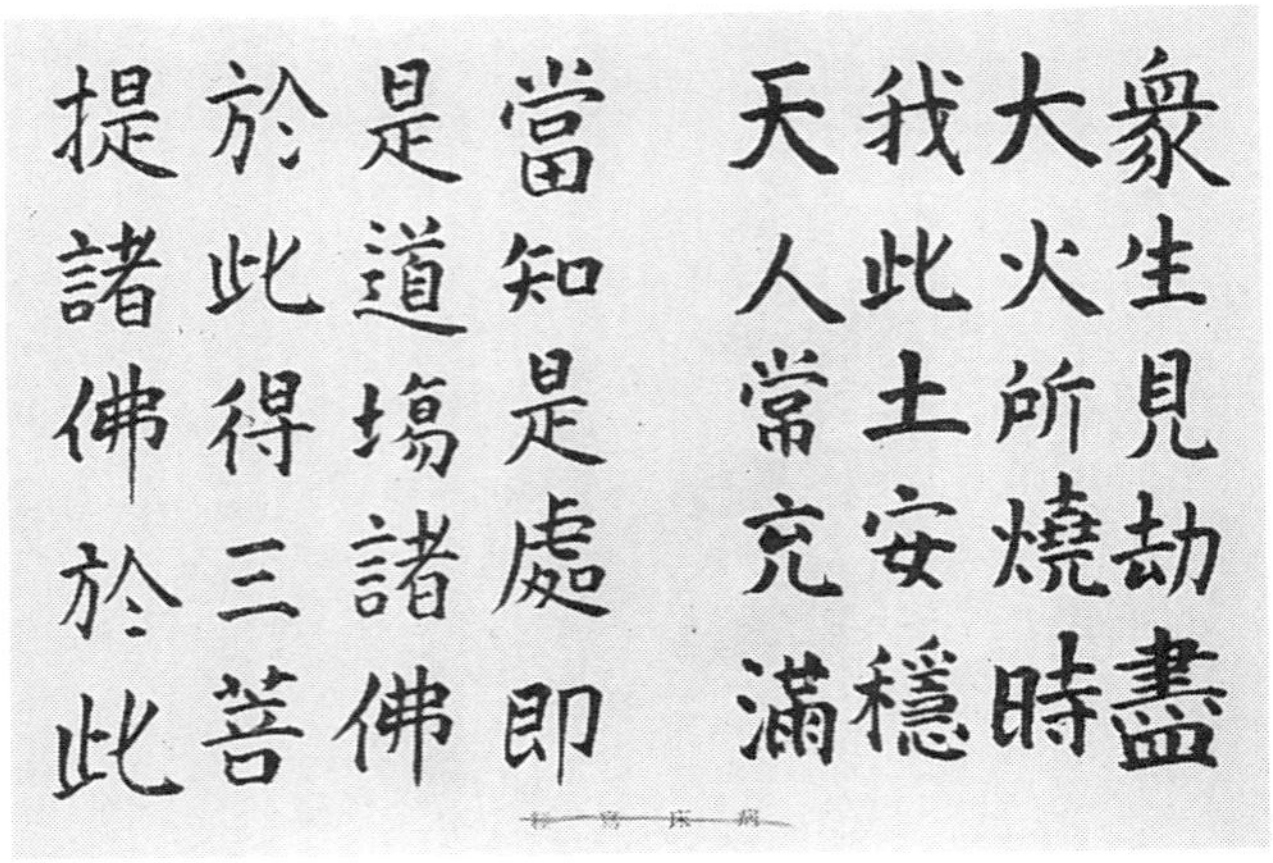

病床での書写

家長　五十五歳
長男　二十五歳
母
妹
妹
長男空想的に農村を救はんとして奉職せる農学校を退き村にて掘立小屋を作り開墾に従ふ。
借財によりて労農芸術学校を建てんといふ。父と争ふ、互に下らず子つひに去る。

期せずして賢治自身の真実が現われている。「空想的」には、実践活動に挫折した賢治の苦渋にみちた反省がこめられている。実生活上の賢治は「つひに去る」ことができず、再び父の膝下《しっか》に戻ってきた。そして病床にあって父の戒めを聞くことになったのである。厳しい叱責であったであろう。「禁治産」ということも、父の口から出た言葉であったかもしれない。

賢治はこのころしきりに自分の死を考えている。病床でメモされた詩編にも「ひとり死んでもいいのだといくたびさうも考をきめ」たりしている。昭和四年、中国人の詩人黄瀛《おうえい》が訪ねてきた頃は、危篤状態にさえなったほど病状は悪化していたのだった。

黄瀛は草野心平の発行する詩誌「銅羅」を通しての詩友であった。『春と修羅』を大正十四年に知った、当時中国にいた草野心平の勧めで、賢治が「銅羅」に作品を発表したのは大正十四年九月であった。賢治は「銅羅」に「永訣の朝」ほか十一編を昭和三年二月までの間発表している。「銅羅」から出た詩人には黄瀛のほか高橋新吉、小野十三郎、土方定一、坂本遼らがいた。賢治が「冬と銀河ステーション」を発表した第十号（昭和二年二月）の「第二次銅羅巻頭言」の中に「思想的乃至は観念的相違よりして分裂することなく、自由主張と自由合意の精神の下に、一致協力、常にエゴーの核地に立ち、より偉大によつて烙印されし世界感情に依つて、新しき実在の探求及び創造を期す」とアナーキズム的発言があるが、賢治が、昭和三年頃を境に草野心平と主義の違いから離れていくのも興味深いことである。

夢は枯野を……
――狂おしく調和を求めて――

昭和五年に入ると、賢治の病気も、快癒の方向へ向かってきた。その年の初夏、東磐井郡陸中松川駅前にある東北砕石工場主、鈴木東蔵が訪ねて来た。東北砕石工場は肥料用石灰、蛇紋岩、黄砂、家禽飼料カルシウムなどを作っている小工場であった。当時経営は火の車であった。鈴木東蔵は何とか活路を見い出そうとあせっていた。そんな時に知ったのが賢治であった。

折しも、賢治も次の仕事をあれこれ考えているところであった。羅須地人協会時代から父の勧めがあり、既に昭和三年の上京の時に下調べをしてきた水産製造方面か、経験を生かして仙台へでも出て肥料相談所を開こうかと迷っていた。鈴木東蔵は賢治の顔とコネ、更に実家の資金をもあてにして、賢治に経営の相談を持ちかけたのである。父の賛成があり、賢治は鈴木東蔵の希望通り、東北砕石工場を手伝うことになった。

東北砕石工場技師

昭和六年一月、「工場技師を命ず」という辞令が賢治のもとに届けられた。月給五十円、年額石灰六百円分支給ということであった。花巻農校時代の月給が百円内外であったことを考えると、何とも馬鹿らしい金額ではある。また、賢治は資金面でもずい分工場に融資したらしい。もちろん、これは父親からでたものである。宮沢家には東北砕石工場の借用証や受領証がたくさん残されているという。

東北砕石工場時代の賢治（左から5人目のハンチング姿）

「私方にては殆んど株式のみを財源と致し居り候処当今の下落の為に価格負債額を遙に低下し関係銀行より担保追徴の為色々塡補に苦心致し居候次第加ふるに小生は変な主義のため二度迄家を出て只今としては之等に関しては口を開く資格無之様の訳合にて従来御事業の必要も有望も充分承知し乍ら御力になり兼ねたるもの全く右に依る次第何卒御諒解願上候」（日付不明）

このような賢治の書簡が残されており、賢治が資金調達に苦心したことが知られるし、当時家に対して、賢治がどんなにひけめを感じていたかも知ることができる。

技師を命ぜられた賢治は活動を開始した。まず宣伝パンフレットを東北四県下の組合に送るのである。

「昨日は県庁にて県内実行組合名簿約一千枚写し取り参り状袋書きを初め居候………次に宣伝書は小生の手にて三月二十日迄に四県下へ五千丈発送致し度右費用等小生持ちと致しても宜敷候」（鈴木東蔵宛書簡）

県庁で写しとった五千の組合に出す状袋書きをし、発送費用も持つと記されている。賢治は更に、宣伝用パンフレットと見本をトランクにつめて、県内ばかりでなく秋田県まで歩を運び、農会などに宣伝するのであった。

教え子や友人知己を頼って売り歩く賢治のうらぶれた姿は、もう羅須地人協会時代の使命感にあふれた青年ではなかった。ありふれたセールスマンの姿であった。秋田県横手から鈴木東蔵に宛てたハガキに「犬も歩けば棒に当る」（大正六年四月二十二日）と記しているように何とも寂しい賢治である。

童話「ポラーノの広場」のレオーノ・キューストが、ちょうど賢治の羅須地人協会にあたる産業組合の成立を待たずにポラーノの広場から去る時、次のような誓いの言葉を残していった。

「わたくしはまだまだ勉強しなければならない。この野原へ来てしまつては、わたくしにはそれはいいことでない。いや、わたくしははいらないよ。はいれないよ。……わたくしはびんばふな教師の子どもにうまれてずうつと本ばかり読んで育つてきたのだ。……ぼくは、考へはまつたくきみらの考へだけれども、からだはさうはいかないんだ。けれどもぼくはぼくは、きつと仕事をするよ。ずうつと前からぼくは野原の富をいまの三倍もできるやうにすることを考へてゐたんだ。ぼくはそれをやつて行く。」

体力の限界を知らされ、農村改革の途上で挫折した賢治を、ちょうどこのキューストにあてはめることができる。すると、賢治の誓いも野原の富を三倍にすることでなくてはならない。しかし、東北砕石工場時代の賢治には、もう若々しい理想は失われていた。賢治の痛ましい努力によって、売り上げは伸びていった。

そして賢治も、猛然と働けば働くほど営利をむさぼる資本主義の矛盾を良く知っていた。心は暗く沈んでいく。

あらたなる
よきみちを得しといふことは
ただあらたなる
なやみのみちを得しといふのみ

このことむしろ正しくて
あかるからんと思ひしに
はやくもここにあらたなる
なやみぞつもりそめにけり

ああいつの日かか弱なる
わが身恥なく生くるを得んや
野の雪はいまかがやきて

遠の山藍のいろせり　（文語詩「あらたなる」）

理想が挫折し、体力に自信を失った時、賢治は父との調和を求めた。その東北砕石工場就職がこんなにも賢治の心を痛ましくさせた。そして賢治には新たな「恥」や「なやみ」をはねかえすだけの力が残されてはいなかった。これまでの「恥」や「なやみ」は、決して賢治個人から発していたものではなかった。それも、敏感に商業主義の矛盾をとらえ、また旧弊な貧しい農村の現実を見、それら修羅の世界を恥とも悩みとも思い、ストイックに身を律しながら実践的な改革の運動に従ってきた賢治である。それが今になって、本当の被告的立場に賢治自身が立とうとは。弱々しくなった賢治の心は、感傷的に詠嘆を歌うのである。豊麗な心象が短歌の枠をはみだし、詩型へと移っていった賢治文学が再び定型詩へ戻ったこと、更にその頃俳句まで書き出していることは象徴的に賢治の人生を物語っている。

しかし、それでも賢治の、まるで奉仕のような労働は続くのである。工場で技術指導し、宣伝文を作成し、見本を持って注文取りに歩く生活が続くのであった。ある時など盛岡市内の米屋を一日に二十二軒もまわって、新製品の米つき粉の注文をとろうとしたこともあった。いったい、何が賢治をこのような情熱にかり立てるのであろう。「あらたなるよきみち」と考えてのことなのであろうか。父との調和を求めての所作なのであろうか。青年時代高智尾智耀の語った生業による大乗仏教の信仰の問題ということなのだろうか。

賢治の努力の効果は現われ、この工場の石灰の年産八百車が千六百車分にふえていった。

けれど、小工場のことで生産量は増えていっても、なかなか経営は楽にならなかった。それで賢治は「明春は必ず社運を開拓致し度と存居候」（昭和六年九月頃、鈴木東蔵宛書簡）と昭和六年九月十九日、トランクに化粧煉瓦、岩酸石灰の見本、パンフレット等、約四十キロもつめこんで東京へ出発したのである。

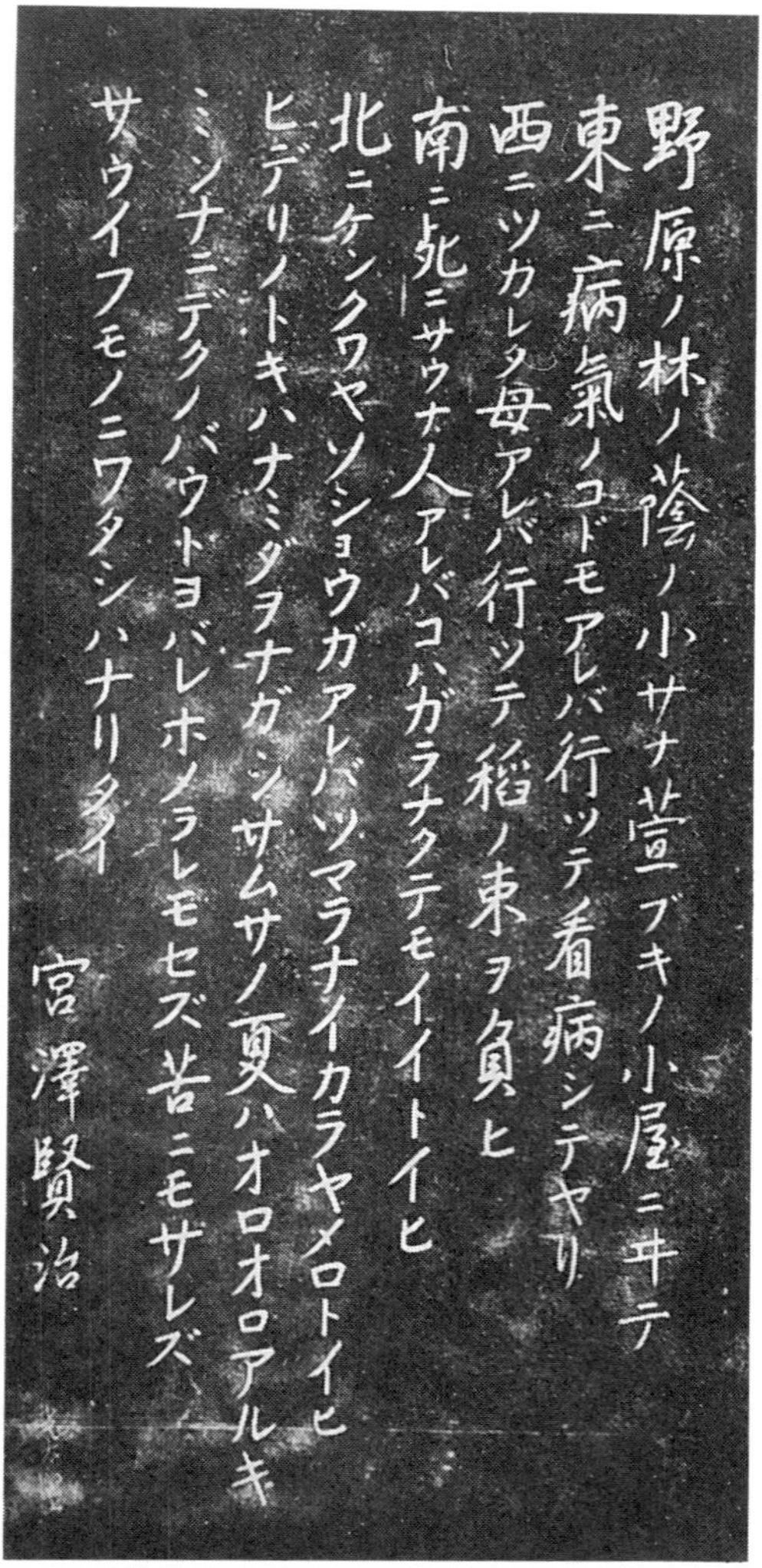
野原ノ林ノ蔭ノ小サナ萓ブキノ小屋ニヰテ
東ニ病氣ノコドモアレバ行ッテ看病シテヤリ
西ニツカレタ母アレバ行ッテ稲ノ束ヲ負ヒ
南ニ死ニサウナ人アレバコハガラナクテモイイトイヒ
北ニケンクワヤソショウガアレバツマラナイカラヤメロトイヒ
ヒデリノトキハナミダヲナガシサムサノ夏ハオロオロアルキ
ミンナニデクノバウトヨバレホメラレモセズ苦ニモサレズ
サウイフモノニワタシハナリタイ
宮澤賢治
高村光太郎筆「雨ニモマケズ」詩碑拓本

雨ニモマケズ

仙台に一泊して、九月二十日午前四時の汽車に乗り込んだ賢治は、車中で寝たために、開け放たれていた車窓から流れ込む夜風に風邪をひいてしまう。上野に着くとすぐ神田駿河台の八幡館に投宿し寝込んだ。翌日、旅館の連絡で当時四谷第六小学校で図画を教えていた菊池武雄が訪ねてきた。賢治は、既に死を予感していたらしい。九月二十一日には遺書を記した。

この一生の間どこのどんな子供も受けないやうな厚いご恩をいただきながら、いつも我儘でお心に背きたうとうこんなことになりました。今生で万分の一もつひにお返しできませんでしたご恩はきつと次の生、又その次の生でご報じいたしたいとそれのみを念願いたします。どうか信仰といふのではなくてもお題目で私をお呼びだしください。そのお題目で絶えずおわび申しあげお答へいたします。

九月廿一日　賢治

父上様
母上様

たうとう一生何ひとつお役に立たずご心配ご迷惑ばかり掛けてしまひました。
どうかこの我儘者をお赦しください。

賢治

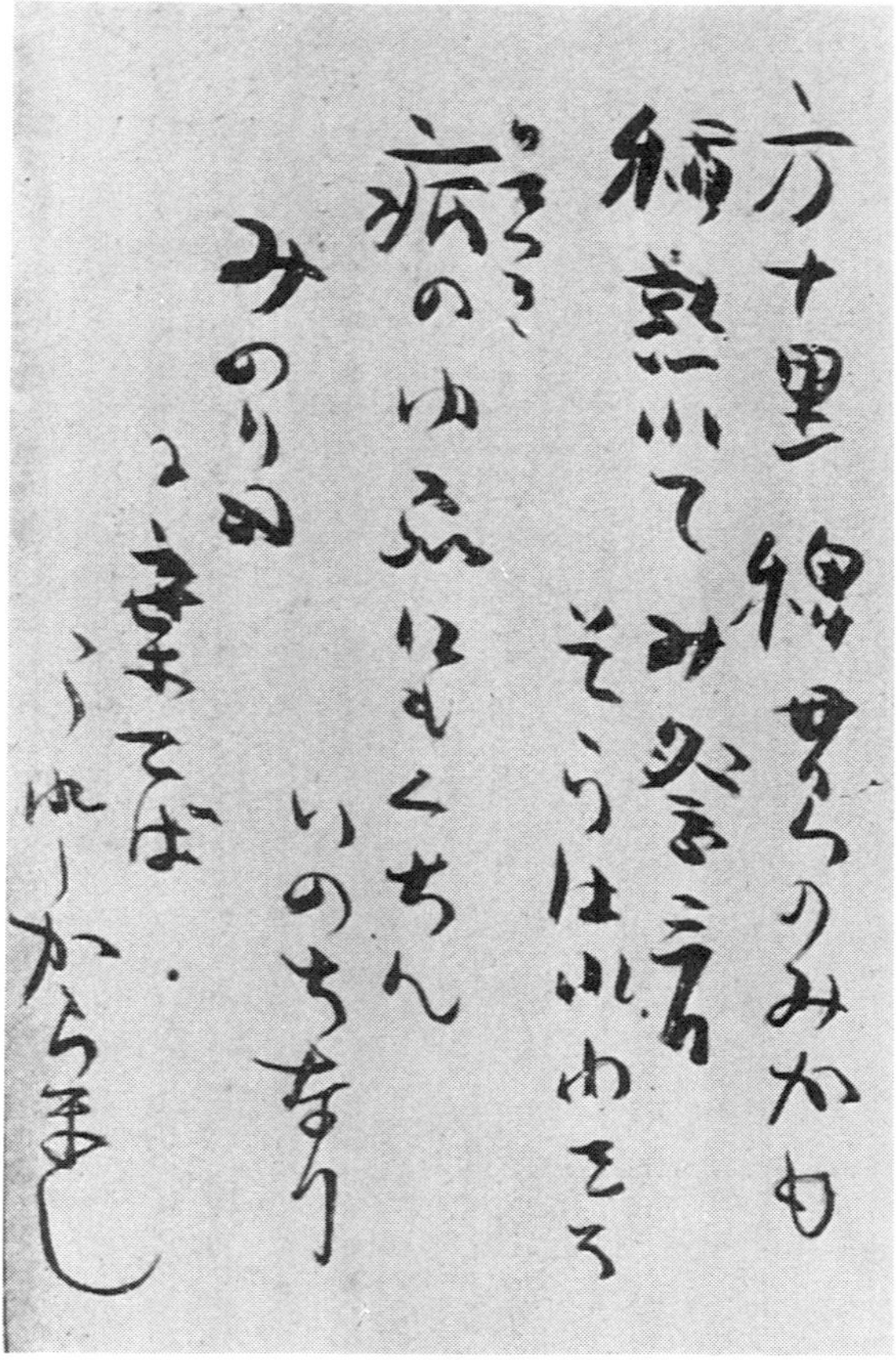

絶筆の短歌

清六様
しげ様
主計様
くに様

賢治の発病を知った父は、すぐさま賢治が帰郷するように手配した。賢治は、九月二十八日夜十時五十五分発の二等寝台車で花巻に帰って来た。大正十一年、妹の発病で帰郷したと同じ姿で、大トランクを下げて。

死後発見された「雨ニモマケズ」の黒い手帳は、帰郷した実家の病床で十月二十日から十一月六日にかけて記されたものである。ここには、「下賤の癡軀を法華経に捧げ奉」（十月二十八日）るとか、「法を先にし　父母を次とし、近縁を三とし、農村を最後の目標として」（十月二十九日）とあるように、また「雨ニモマケズ」のように若い日のはげしい理想は遠くに退き、大きな調和の世界の中でわが身を処しようとする、静かな落ち着きを取り戻した賢治の心境が記されている。気高い境地である。が、もうここには人を近づけない賢治だけの世界があるようである。

死

昭和七、八年は一進一退する病魔に身をまかせながら、病床に未定稿の原稿を引き寄せて静かに推敲の日々を過すのであった。時折、近在の農家の依頼で肥料設計をすることもあったし、吉田一穂の編集する「新詩論」や母木光（儀府成一）編集の「岩手詩集」や各地の同人雑誌の依頼に、まめに原稿を送ってもいた。昭和七年三月には、詩人の佐藤一英編集の「児童文学」に「グスコーブドリの伝記」を発表した。「児童文学」には前年の六月に「北守将軍と三人兄弟の医者」をのせている。「児童文学」は詩的な大人の童話風の作品が、多く誌上を飾っていた。宇野浩二や佐藤春夫や伊藤整も書いていた。

昭和八年九月十九日、賢治は鳥谷《とや》ヵ崎《さき》神社の祭礼の神輿を店の前で見た。夜露がひどかった。翌九月二十日、朝訪れた農民と玄関で話した。夜七時ごろ、また農民が肥料の相談に来た。賢治は玄関に出て詳細に質問に答えた。その日、賢治は自らの生命のつきることを察知した。歌二首を詠んだ。

方十里稗貫のみかも稲熟れてみ祭三日そらはれわたる
病《いたつき》のゆゑにもくちんいのちなりみのりに棄てばうれしからまし

九月二十一日、午前十一時半、喀血して賢治の容体は急変した。賢治は「国訳妙法蓮華経」を翻刻して友人知己にわけることを父に遺言した。午後一時三十分、静かに永眠した。法華経にうらづけられた明日の世界を目指して、家と自己、社会と自己の問題を真剣に考えつづけた悲劇的で清冽な生涯であった。

花巻町浄土真宗安浄寺に埋葬したが、後、昭和二十六年七月、花巻市日蓮宗身照寺に改めて葬られた。国柱会よりおくられた法名は真金院三不日賢善男子である。

第二編　作品と解説

短歌

生涯編で触れたように、賢治の作品で発表の機会を持ったものはきわめて少ない。単行本では詩集『春と修羅』、童話集『注文の多い料理店』を自費出版しただけであり、他は盛岡高農在学時代のガリ版刷りの校友会雑誌や若手の文学者たちの同人雑誌等に四編の習作的短文、九十余首の短歌、八編の童話、四十余編の詩を寄稿したにすぎなかった。但し花巻農校教師時代の賢治には戯曲を学生に上演させるという発表舞台はあった。

賢治の文学活動は、盛岡中学二年の年の一月に始まるといわれている。石川啄木が処女歌集『一握の砂』を前年の十二月に出版しており、それに刺激されて短歌創作を志したというのがその根拠の一つである。ここでは、まず、賢治文学の先駆をなす短歌をとりあげ、幼い作風ではあるが賢治文学を解明する重要な鍵を持つものとしてとらえてみたい。

歌稿

現在宮沢家には賢治自筆によるものと、妹としの書写による歌稿とが残されている。原稿用紙を綴じてクロースの表紙をかけてある。扉には「明治四十四年一月より」（盛岡中学二年生の一月）「発表を要せず」と記されてある。賢治の原稿には「未定稿」とか「発表を要せず」と記されているものがあるが、それらの原稿が破棄されたり、失われたりしていないのは、賢治の作品に対する深い愛着によるものであろう。またこの歌稿のほかにも幾編かの短歌が発見されてもいる。

作品は明治四十一年の盛岡中学入学当時を回想した、生涯編にも引用した父への反発を詠んだ短歌によって始まり、多くは盛岡中学時代、盛岡高農時代に集中している。

死後発見された「手帳」から考えると、そのような手帳が賢治の生涯には数冊ないし十数冊存在したと推定されるのだが、おしいことにそれらは散逸《さんいつ》して見当らない。また、

六月の
十五日より雨降ると
日記につけんそれもおそろし

などの歌作に示されるように、賢治は日記をつけていたことが知られるのだが、これも失われてしまった。そんなわけで賢治の作品はごく少ない資料をもとに理解しなければならないことになる。また友人知己間に伝わる様々なエピソードも賢治の人と作品を理解する上に、どれほど重要な意味を持つかという点になると、はなはだ疑問としなければならない。

歌作は盛岡中学、盛岡高農時代に集中され、啄木の影響と見られる三行書きを多くした頃の直線的に単純に自己表出を試みたものから、しだいに自己が後退し、対象を感覚的にとらえ表現する方向へと作風の変化は認められるが、概して自己告白的要素が濃い。また、その作品の多くはまだ幼さを残したものであるが、以後の賢治文学の方向を示すものが包含されており、また表現が直截《ちょくさい》なために当時の賢治の生活や思想を知る充分な手がかりにもなるのである。

進学の希望を絶たれて　大正三年、賢治は盛岡中学を卒業するが、進学を父に強力に反対された。名門盛岡中学の卒業生たちは、或る者は東京の一高へ、或る者は仙台へと新しい希望に包まれて進学していく。しかし賢治は卒業と同時に鼻の手術のために岩手病院に入院したのである。

ゆがみひがみ
窓にかかれる赭《あか》こげの月
われひとりねむらず
げにものがなし

求道的な生涯をおくった賢治にも、最も感受性の強いアドレッセンス（思春期）にはこうした激しい悲しみにとらえられているのである。後に賢治は月を月天子と称していたが、悲しみにくまどられた目に写るその姿は、ちょうど賢治自身のように醜く赤く怒りに燃えているのであった。

粘膜の
赤きぼろきれ
のどにぶらさがれり
かなしきいさかひを
父とまたする

父は賢治に質屋兼古着屋の家業をついで欲しかった。しかし賢治は一途に進学を希望した。既に生涯編で引用した「父よ父よなどて……」の銀時計の歌において、父に対する批判を持っている賢治にしてみれば当然のことだったろう。

岩つばめ
むくろにつどひ啼くらんか
大岩壁を

わが落ち行かば

そして、進学希望を絶たれ、家業にも批判的な賢治はふと自分の死を考えてみる。小学時代には優等生で通した賢治も、盛岡中学時代の学業成績は中位以下であった。自分の能力にさえ疑いを持っていたかもしれない。絶望が賢治に死を思わせる。むくろはなきがらのことである。また倒置法が使われている。

そして更に、童話「よだかの星」のよだかが、現世の苦しみを逃れて星となったように、賢治は天上界にある自分を想像する短歌をも創作しているのである。賢治のこの連作的な系列歌は、告白的で極端な表現をすれば、自然主義的作風で当時の彼の心境を伝えて余りある。

初恋の歌

進学の希望を絶たれた悲痛な歌と時を同じくして、賢治には一連の恋の作歌がある。肥厚性鼻炎の手術の結果ひどく発熱が続き、賢治は継続して病院生活をおくる。その時、賢治と同年の親切な看護婦に激しく恋心を寄せるのである。堀尾青史の論考によれば、少女は木村という姓ではないかということである。名前はわからない。

すこやかに
うるはしきひとよ

病みはてて
わが目黄色に孤ならずや

前の歌に表白された絶望と発熱の中で見た少女は、ことに美しく健康な姿として賢治の目に写るのである。

桑つみて
君をおもへば
エナメルの
雲はてしなく
北に流るる

悶々《もんもん》として日々を過ごす賢治は、退院した後も一縷《いちる》の光明を求めるかのように少女の面影をさがすのである。しかし、それがまた遂げられぬ初恋として賢治の胸はせつなくしめつけられるのであった。

賢治短歌の評価　ここでは賢治の文学活動のもっとも初期の、盛岡中学卒業当時の短歌を数首とりあげてみたわけだが、表現は素朴で、作品の完成度から言えばとるに足らないものと言える。しかし、ここに掲げた数首に代表されるような心象告白的短歌には、賢治の人間形成上の重要な基点が示されており、後年の『春と修羅』を初めとする心象スケッチや童話などの原形が現われているという点で、賢治文学解明の鍵として評価されるべきである。そして更に、土岐善麿、石川啄木によって表わされた生活の記録、生命の記録としての新しい短歌運動の流れの中で文学史的評価を問われるべきである。

人間形成上の問題については生涯編に記したのでここでは省略しておく。まず、心象スケッチの原形の問題であるが、自我に目覚めた賢治の父への反発、言いかえれば家の問題、封建的な家族制度との対決の記録という自然主義的ニュアンスの強い作品で始まった心象の告白記録的短歌は、そのまま心象スケッチの母胎だと言うことができる。土岐哀果（善麿）や石川啄木の三行書きにならったと考えられる方法も、四行書き、五行書きに至っては、短歌の一般的概念からほど遠く、既に定型の短歌では表白することのできないものを持ち始めた賢治の心象スケッチの詩型へ移る模索と見ることができるのである。

石川啄木が明治四十三年「東京朝日新聞」に連載した評論「歌のいろいろ」には、「忙しい生活の間に心に浮んでは消えてゆく刹那々々の感じを愛惜《あいせき》する心が人間にある限り、歌といふものは滅びない」として人間生活の記録を主張したが、ほとんど同時に十年後輩にあたる賢治も東北の片田舎で、この啄木の短歌革新の主張の線上で作歌していたのであった。実際に賢治が啄木の「歌のいろいろ」や、同年に発表された評論「一利己主義者と友人との対話」を読んでいたかどうかは定かではない。が、三行書きや前後に内容を分断する一種の問答歌のような作品を残していることから啄木の影響の大きさはわかるわけであり、おそらく何らかの形でこれらの評論にも目を通していたものと想像できるのである。

「一生に二度とは帰つて来ないいのちの一秒だ。おれはその一秒がいとしい。ただ逃がしてやりたくない。それを現すには、形が小さくて、手間暇のいらない歌が一番便利なのだ」

と「一利己主義的と友人との対話」の中で語った啄木であったが、実際には自己の生命の記録を短歌だけでは表現しきれず、精細な日記や書簡をしたためてその間隙《かんげき》を埋めている。賢治もまた啄木と同様に、自己の瞬時に変化する豊麗絢爛《ほうれいけんらん》かつ哀切を極めた心象を短歌によって充たすすべもなく、心象をよぎる森羅万象ことごとくを心象スケッチとして記録する方向へと進んで行ったのである。『春と修羅』時代の鉛筆と手帳を紐で首につるして渉猟する賢治は、まさしく記録者としての姿であった。

同じ自然主義的発想によって書き表わされ短歌が、啄木の場合、家の回復から社会・国家へと関心が高まり、社会主義へと進む思想の背景を持ったのだが、賢治の短歌にはそれがなく、実生活での自我の挫折から精神世界への逃避、後年の四次元世界の一つの形である天上界への逃避さえも記されており、それが持続するところに心理主義とでも言えそうなほど自己の心象に執着する傾向が見られるのである。この当時の賢治にとっては心象の記録自体が思想であったかのようである。

さて童話との関係の問題である。大乗仏教の真意普及のために書きはじめられたという童話が、法華経を知る以前の賢治の体験やその当時の心象を記録した短歌のイメージと重なり合う面を多く持っている。このことは後年の文語詩のように短歌を下敷きにして童話が書かれたということにはならないが、人格形成期以前の短歌に素朴に現われ出ていた賢治の根源的な資質が、彼の童話作品に定着したということができる。

絢爛壮大な幻想

あらゆる生物・無生物を人間と同格化する目、独特の感覚的表現、自然を愛好する心等の賢治独自の精神的傾向、感覚的世界が賢治の童話の世界の母胎となっている。ことに法華経入信以前に「よだかの星」や「シグナルとシグナレス」や、更に「銀河鉄道の夜」の四次元意識の宇宙的世界が既に賢治の実生活からの逃避として現われていることは注目すべきである。また「シグナルとシグナレス」の清純な恋は賢治の初恋によっているのであろうし、初恋を歌った短歌はその原型であるといえる。

草野心平

蛭《ひる》が取りし血のかなだらひ
日記帳
学校ばかま　夕ぐれの家

この短歌も進学を絶たれた後の系列歌の一首であるが、この蛭という質屋宮沢家のイメージは、終生賢治の頭から離れなかった。「よだかの星」の醜いよだかや、「銀河鉄道の夜」のラッコ捕りの父を持って「みんなから狐のやうに見える」孤独なジョバンニは、この蛭という少年時代のイメージから出たものである。

賢治は唯一の公刊童話集『注文の多い料理店』の新刊案内に、童話も心象スケッチであると記している。だから詩ばかりでなく、童話もまた短歌を母胎とした賢治の心象の記録の線上に展開されたことになる。

このように自然主義的な自己告白的作風によって始められた短歌が母胎となり、その線上に日本詩史上独自と言われる豊麗な心象スケッチが展開されていくのであり、草野心平に「近代日本文学の各ジャンルで賢治童話のやうな革新は稀有のことに属する」（『宮沢賢治覚書』）と言わせた童話も、やはり同じ記録の線の上に切りひらかれていったのである。

無声慟哭

賢治の詩は、生前刊行された『春と修羅』第一集のほかに、「春と修羅」二・三・四集、東京、三原三部、冬のスケッチ、肺炎詩編、文語詩稿、文語詩未定稿、手帳より等と便宜上系列歌や制作時期によって分けられた作品がある。このうちの「春と修羅」第二集だけは生前の賢治が出版を予定していたものである。賢治の生涯が、職業や思想や生活態度の推移によって、いくつかの時期に区分できるように、作品もまたその流動する人生に沿って変化発展の跡をとどめている。が、ここでは時期的区分によらず、詩の発想と表現の上から分類して、五種類に分け、それぞれの秀れた作品を解説することにする。

第一類は純粋な叙情性を貫いた作品。『春と修羅』第一集中の「永訣の朝」「松の針」等。

第二類はいわゆる心象スケッチと言われるスケッチによる作品。『春と修羅』第一集から第四集までの多くがこの類に属する。

第三類は社会主義的傾斜を持った作品。第三集の「第一〇八八番」「第一〇八二(稲作挿話)」「第一〇二八番(つかれてねむいひるまごろ)」等で、農村活動の時期に作られた作品。

第四類は文語詩。「われらひとしく丘にたち」等。

第五類は「雨ニモマケズ」や「肺炎詩編」等で、詩と異なった意識で書かれた作品。五類に分類はしたが、その濃度の差こそあれあくまでも賢治の詩は心象スケッチである。

「春と修羅」第一集中の「無声慟哭」と題する五編中の巻頭におかれた作品である。生涯編でくわしく触れたように、大正十一年十一月二十七日、妹の死の直後作詩したものである。叙情詩に分類したが、心象スケッチに加えたとしてもいっこうさしつかえない。

永訣の朝

けふのうちに
とほくへいつてしまふわたくしのいもうとよ
みぞれがふつておもてはへんにあかるいのだ
　（あめゆじゆとてちてけんじや）
うすあかくいつそう陰惨な雲から
みぞれがびちよびちよふつてくる
　（あめゆじゆとてちてけんじや）

ぶきみに暗く沈んだ空からみぞれの降る日であった。妹の病状は急変した。賢治は両親や親族たちを羅須地人協会の家へ呼んだ。みんなの見守る中で、突然妹は「雨雪をとってきて下さい」と弱々しい声で言ったのである。賢治は、はっとして再び目を戸外に向けて見た。戸外のみぞれの再説は賢治のはっとした気持ちの表われである。「陰惨な空」と言わず「陰惨な雲」と言っているのは、他の詩編にも数多くある賢治の特異な表現の一つである。賢治の目に映じた雲の具象的な強さがよく出ている。妹の美しい花巻方言を賢治は胸の中でくり返してみる。

わたくしはまがつたてつぽうだまのやうに
このくらいみぞれのなかに飛びだした
　　（あめゆじゆとてちてけんじや）

「まがつたてつぽうだま」は奇抜である。しかも素朴で一途な表現である。大正時代の「てつぽうだま」は現在で考える以上にスピード感があった。とっさに賢治は妹の頼みを理解した。深い感動が賢治にもう一度妹の言葉をくり返させる。

ああとし子
死ぬといふいまごろになつて

わたくしをいつしやうあかるくするために
こんなさつぱりした雪のひとわんを
おまへはわたくしにたのんだのだ
ありがたうわたくしのけなげないもうとよ
わたくしもまつすぐにすすんでいくから
　（あめゆじゆとてちてけんじや）
はげしいはげしい熱やあえぎのあひだから
おまへはわたくしにたのんだのだ
銀河や太陽　気圏などとよばれたせかいの
そらからおちた雪のさいごのひとわんを……

一椀の雪を頼んだのは、自分を明るい未来へ向かわせる優しい妹のはからいだと賢治は解釈した。この解釈が正しいか否かは誰にもわからないが、この宗教的な解釈がこの詩に荘重な響きを与える。賢治の悲傷を崇高なまでに高めている。

……ふたきれのみかげせきざいに

さびしくたまつたみぞれである
わたくしはそのうへにあぶなくたち
雪と水とのまつしろな二相系をたもち
すきとほるつめたい雫にみちた
このつややかな松のえだから
わたくしのやさしいいもうとの
さいごのたべものをもらつていかう
わたくしたちがいつしよにそだつてきたあひだ
みなれたちやわんのこの藍のもやうにも
もうけふおまへはわかれてしまふ

第一節で宗教的に高まった感動が、この第二節に入ると再び現実の写象に切りかえられる。無上道の彼岸、天国へ旅立つ妹にもっともふさわしい新鮮なみぞれを、賢治は慣れ親しんだ椀の中に取ろうとする。そして妹との別れにはっと気づく。

「春と修羅」の表紙

(Ora Orade Shitori egumo)
ほんたうにけふおまへはわかれてしまふ
あああのとざされた病室の
くらいびやうぶやかやのなかに
やさしくあをじろく燃えてゐる
わたくしのけなげないもうとよ

Ora Orade Shitori egumo　（おら　おらで　しとり　えぐも……私は一人で行きます）と呟《つぶや》いた妹である。今日でもう別れなければならない。けれども何とけなげな妹の生命力だろう。この妹は臨終の床で「おら　おかないふうしてらべ」（私はおかしな様子をしてるでしょう……「無声慟哭」）とか「それでもからだくさかべ」（それでも身体がくさいでしょう……同）とか女らしい最後の生命の輝きを見せている。

この雪はどこをえらばうにも
あんまりどこもまつしろなのだ
あんなおそろしいみだれたそらから
このうつくしい雪がきたのだ

妹の最後の聖い食物となるように、賢治は最も美しい雪の一椀を取ろうとしたが、雪はすべてが清浄な美しさに輝いている。妹のこれから行く天国がこの上なく美しいものと語っているように。

(うまれでくるたて
こんどはこたにわりやのごとばかりで
くるしまなえよにうまれてくる)
おまへがたべるこのふたわんのゆきに
わたくしはいまこころからいのる
どうかこれが兜卒《とそつ》の天の食に変つて
やがてはおまへとみんなとに
聖い資糧をもたらすことを
わたくしのすべてのさいはひをかけてねがふ

また生まれて来るとしても、今度はこんなに自分のことばかりで、苦しまないように生まれてくると、あきらめたように苦しい息の下で妹は言った。どうかそうであって欲しい、と賢治も祈るのである。そして賢治のとって来た雪が兜卒天の食物ともなって、妹と他の天の人々の喜ぶものとなることを祈るのであった。

小岩井農場

兜卒天は欲界の六天の一つで、菩薩成仏前に住む弥勒の浄土である内院と、天衆の遊楽する外院の二院から成っている。

「永訣の朝」は賢治が自然な心の律動にまかせながら、自由に清い感動を宗教的な境地にまで高く歌いあげた作品である。また土の匂いのある花巻方言が、この詩に叙情を越えた強い現実感を与えてもいる。比類のない美しい作品である。

草野心平は「肉親の死をいたんだ詩に於いて、『無声慟哭』一連の詩ほど美しい詩を私は他に知らない」（『宮沢賢治覚書』）と「永訣の朝」ほかの一連の詩編を激賞している。

「小岩井農場」

心象スケッチ　わざわざ製本された『春と修羅』の背表紙から詩集の文字をブロンズの粉で抹殺し、心象スケッチであることを主張したその心象スケッチの典型的な一編である。

わたくしといふ現象は
……………………
風景やみなといつしよに
せはしくせはしく明滅しながら
いかにもたしかにともりつづける
因果交流電燈の
ひとつの青い照明です

『春と修羅』の序に賢治がこう記しているように、独自の精神的傾向・感覚的世界などの資質に加えて、地質学・土壌学・化学・気象学等の教養や、宗教や、家・農民・自然に対する愛情、批判や、社会主義的傾向や、肉体的条件等が付加した世界を持つ人間賢治の心の明滅をその場その場で記録していく、それが心象スケッチなのである。

「小岩井農場」は八百七十九行から成る近代日本詩史上での最長であると思われる。これだけで一冊の詩集ができてしまう。

もう入口だ〔小岩井農場〕

（いつものとほりだ）
混んだ野ばらやあけびのやぶ
〔もの売りきのことりお断り申し候〕
（いつものとほりだ　ぢき医院もある）
〔禁猟区〕　ふん　いつものとほりだ

（パート三）

賢治の心象をよぎる森羅万象がこうしてことごとく記録されていく。

耕耘部の方から西洋風の鐘が鳴る
かすかだけれどよく聞える
もうみんな近くやつて来た
聞いて見ようおれは時計を持たないのだ
（あの鐘あ十二時すか）
（はあそでごあんす）
みんながしづかに答へてゐる

これではまるでオペラぢやないか　（パート五）

賢治の詩は饒舌《じょうぜつ》だという評価がある。「小岩井農場」はたしかに饒舌で、むだなところもずい分ある。こんな調子で八百七十九行続くのだから、読む者は退屈してしまうだろう。賢治が詩集の文字を消したのも理由のないことではない。しかし、華美なドラマティックな、大衆的な要素はないけれど、ナイーブな感覚と精神とが豊かな振幅をもって持続するこの詩人の魂に驚嘆させられる。

叙事詩でも叙情詩でも象徴詩でもない詩史上賢治独自のこの詩は、やはり心象スケッチとしか呼びようがないようである。しかし、詩史上異端の作風であるが、これが前に述べたように自然主義風な告白的短歌の線上に成立したことは着目すべきことである。賢治はその場で即座に記録されたものだけを心象スケッチと言っていたかというと決してそうではない。『注文の多い料理店』の新刊案内に記されたように、「多少の再度の内省と分析」によって成立した童話もこの範囲内にあるのであり、詩も同様である。記録性のよく現われた「小岩井農場」を参考にしたわけである。

「和風は河谷いつぱいに吹く」

この詩は第三類の社会主義的傾向を持った作品からはややはずれるが、賢治の実践的な農村活動中の秀作であり、当時の社会主義に傾斜した賢治の姿が躍如しているのでこの類の中に入れてみた。羅須地人協会を設立した一年後の昭和二年七月十四日に作られたもので、「春と修羅」第三集に収められている。

社会主義的傾向

この八月のなかばのうちに
十二の赤い朝焼けと
湿度九〇の六日を数へ
茎稈弱く徒長して
穂も出し花もつけながら
つひに昨日のはげしい雨に
次から次へ倒れてしまひ

とゞには雨のしぶきのなかに
とむらふやうなつめたい霧が
倒れた稲を被つてゐた

昭和二年六月、賢治は二千枚の肥料設計を無料で書いた。また稲は陸羽一三二号を農民に勧めて歩いた。そして秋の実りを期待していた。七月は気候も順調で稲も分《ぶん》けつし「和風は河谷いっぱいに吹い」て、秋の豊かな収穫を約束しているようだった。ところが八月に入り、東北地方特有の気候不順がやって来た。湿度やその他の数字は賢治の頭にのしかかる具象的な強さを表わしている。

わたくしはたうとう気狂ひのやうに
あの雨のなかへ飛び出し
測候所へも電話をかけ
村から村をたづねてあるき
声さへ涸《か》れて
凄まじい稲光りのなかを
夜更けて家に帰つて来た

賢治は自分の肥料設計した田、陸羽一三二号を勧めた田をかけずりまわった。雨で倒れればすべての責任を賢治にかぶせる農民である。同じく第三集の「作品第一〇八八番」では「青ざめてこはばつたたくさんの顔に　一人づつぶつつかつて、火のついたやうにはげまして行け　どんな手段を用ひても、弁償すると答へてあるけ」とわが身を厳しく励ましている。

不良な条件をみんな被つて
予期したいちばん悪い結果を見せたのち

賢治が原稿のはしに書いた猫の戯画

こんどはもはや
十に一つも起きられまいと思つてゐたものが
わづかの苗のつくり方のちがひや
燐酸のやり方のために
今日はそろつてみな起きてゐる
……………………
素朴なむかしの神々のやうに
べんぶしてもべんぶしても足りない

賢治の農村活動中、喜びがあったとしたらこの時だけではなかったろうか。詩作の中でも「和風は河谷いっぱいに吹く」以外に見当らない。ほかはみな苦渋に充ちた賢治の姿があるだけだ。この作品は修辞のない荒けずりな表現がなされているが、それがかえって力強さを与えることになっている。しかし、やや説明的な感じがないでもない。

賢治が花巻農校を退職して下根子桜で農村救済活動を行なった期間は、わずか二年五カ月であるが、そこでした賢治の献身的な奉仕は決して生やさしいものではなかった。花巻では名家の家柄に育った賢治にあびせる農民たちの目は冷ややかであった。また賢治の活動に批判的な父からの叱責も厳しかった。こうした背景が、この詩やそのほか社会主義的傾斜を見せた詩の重味を増している。

ひとひはかなく

第四類は文語詩である。文語詩にも叙情的なものもあり、心象スケッチの濃い作品もあるが、賢治が七五、五七の双四連を中心とした定型詩として、従来の表現形式を破っているところに特色が見られるのである。この「ひとひはかなく」は七七を基準とした四連よりなっている。昭和六年の作である。

調和を求めて

農村活動に体力の限界から挫折した賢治は、一時実家で休息をとっていたが、父の賛成があり、昭和六年一月から東北砕石工場の技師となる。名目上は技師と言っても、実際には製品の注文を取りに歩くセールスマンであった。この頃には実践活動の挫折と体力の衰退が、賢治から若々しい理想を奪ってしまっていた。しきりに父との調和を求めている。そんな時見つけた肥料の石灰を作る砕石工場技師の仕事は、賢治にとって父との調和も見い出せ、また年来の東北農民の救済にも土壌改良で役立つと考えられたのである。父は工場に期待をかけ多額の融資もしたのである。賢治は「あらたなるよきみち」（文語詩「あらたなる」）と考えて再び活動的に行動を開始する。しかし、賢治が販売に情熱を傾ければ傾けるほど、農民の負担は増した。一方では資本家がふとっていく。また賢治には「あらたなるなやみ」が生まれるのであった。けれども賢治はひたすら販売の伸びることを願って、友人知己を頼りに他県まで足を運ぶのであった。

ひとひはかなくことばをくだし
ゆふべはいづちの組合にても
一車を送らんすべなどおもふ
さこそはこゝろのうらぶれぬると
たそがれさびしく車窓によれば
外の面は磐井の沖積層を
草火のけむりぞ青みてながる

商業主義を、商人を嫌悪していた賢治が、今は見るかげもないうらぶれたセールスマンであった。東北の寒村を見本とパンフレットをつめたトランクを下げて歩きまわる賢治の姿はまさに悲劇的である。文語定型の中で、悲しげにひっそりと感傷を歌うのであった。

豊麗あふれんばかりの心象を定型の短歌では表現しきれずに、詩型へと移っていった賢治の文学が、晩年文語定型詩、更に俳句へと、しだいしだいに歌うのをやめていく過程は、賢治の人生の象徴的な反映でもある。

雨ニモマケズ

手帳

東北砕石工場の経営不振を何とか取り返そうと、賢治は昭和六年九月十九日に上京した。折しも発病し、実家へ呼び戻される。そしてその病床で記されたのが賢治の黒い手帳であった。十一月三日、「雨ニモマケズ」は手帳の五十頁から五十九頁にかけて記されたものである。

雨ニモマケズ
風ニモマケズ

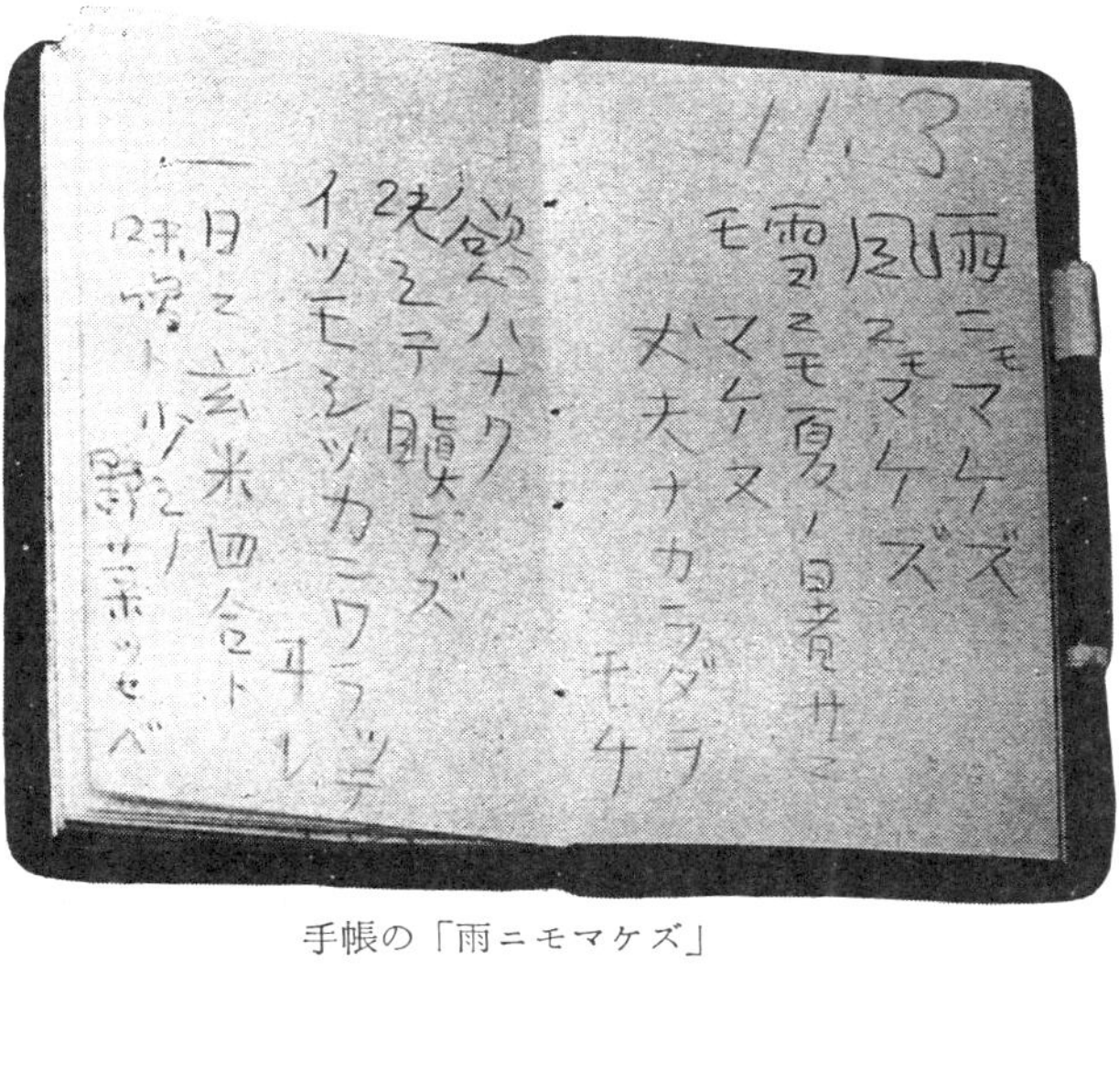

手帳の「雨ニモマケズ」

雪ニモ夏ノ暑サニモマケヌ
丈夫ナカラダヲモチ
欲ハナク
決シテ瞋《いか》ラズ
イツモシヅカニワラツテヰル

この詩が賢治を圧倒的に有名にしたのである。みんなに「デクノバウ」と呼ばれるような平凡人の、自己犠牲をおしまない精神に対する讃美とその境地に至りたいという賢治の祈願が語られている。

この二十一行の詩は、要するに深い人間愛によって現世での平和な静かな生活を希求しているのである。けだかい境地である。しかし詩としてみると決して秀れた表現であると言えない面を持っている。対句的表現がなされているが、斬新なものとも言えないし、何か詩と異なった戒律のような印象さえ与える作品である。もっとも賢治自身、詩としてのこしたわけでなく、手帳にメモされたものなのであるから。

ついでに記しておくと、「雨ニモマケズ」の内容評価は二派に分かれており、谷川徹三は賢治の「最も純粋な表現」として比類ない精神の高さをたたえ、除村吉太郎・中村稔は敗北、退却として批判している。

いずれにしても「雨ニモマケズ」には、若い日の燃えるような理想はない。けれども、死を前にして病床でなお現実社会の平和を願う寂しげな賢治の姿は感動的ではある。

銀河鉄道の夜

賢治童話の概観

賢治が『注文の多い料理店』の新刊案内で述べているように、「多少の再度の内省と分析」を経たとしても、賢治の童話は広い意味での心象スケッチということができる。それだけに作風もさまざまな振幅を見せてもいる。賢治の童話には創作年時の明確でないものが多く、さらに未定稿がかなりあり、それらが生涯を通じて推敲《すいこう》されたとも考えられるので、年次的に作風の推移をたどることはなかなか容易でない。便宜上次のような表を作って見た。

「注文の多い料理店」の表紙

表中の作風傾向を四種類に分類したのは、宮沢賢治研究家恩田逸夫の分類をも参考としたものである。けれども、賢治の作品は多様でもっと細かい分類が必要であり、またそれらの傾向が強弱の差こそあれ、渾然と融合して一つの世界を作っているという作品が多いため、分類を拒否する一面をも持っている。

作品の推移

年次＼主な登場者＼傾向	宗教又は宗教的思惟の濃い作品		現実批判又は社会主義的傾向のある作品		郷土色の濃い作品		詩的情緒的作品	
	動物（植物無生物）	人　間	動物（植物無生物）	人　間	動物（植物無生物）	人　間	動物（植物無生物）	人　間
昭8・9死 後　期	なめとこ山の熊 セロ弾きのゴーシュ	なめとこ山の熊 虔十公園林 祭の晩 セロ弾きのゴーシュ ビヂチリアン大祭		グスコーブドリの伝記 ポラーノの広場			朝に就ての童話的構図	
大正15・4 中　期	シグナルとシグナレス	銀河鉄道の夜 氷河鼠の毛皮	猫の事務所 オツベルと象	オツベルと象	ざしき童子のはなし	風の又三郎	やまなし	
大正11・11 期　前	よだかの星 烏の北斗七星 どんぐりと山猫 貝の火 めくらぶだうと虹 雙子の星 蜘蛛となめくぢと狸	ひかりの素足 どんぐりと山猫		ペンネンネンネンネネムの伝記 注文の多い料理店 黄いろのトマト	水仙月の四日 雪渡り 狼森と笊森・盗森 鹿踊のはじまり	鹿踊のはじまり 十月の末 達二の夢 谷（村童スケッチ）	月夜のでんしんばしら かしはばやしの夜 まなづるとダリヤ	かしはばやしの夜

賢治の生涯を前・中・後の三期に分けることはふつう行なわれているし、作品も賢治の生涯の推移にしたがって神秘性、詩が後退し、現実色が強調される傾向を示している。ここでは宗教にうらづけられた賢治の夢、四次元意識の世界に対する態度の変化に基づいて、妹の死、桜での農村活動の開始を作風推移の分岐点としてとらえてみた。生涯編で引用した、昭和七年六月十九日に、後年童話作家となった詩人の母木光（儀府成一）にあてた書簡に、「物語がはじめも中頃も現実に近い人物を扱つて、終り頃風魔といふ神秘的なものが一つだけでてくること、これは神秘を強調する為には有効で、作を一つの図案或ひは建築として見ると不満があるのではないか」と母木光の童話を批評しているが、ちょうど賢治の前期、中期の作品も図案、建築としては不満という風な面を持っている。前期の作品では賢治は自信に満ちて、神秘的な四次元世界を描いている。あらゆることが四次元世界では可能であった。それが中期に入ると「銀河鉄道の夜」のように壮大な四次元世界を創造しはしたが、この時の賢治は四次元世界に対する不満さえも抱いており、それは現実を描く過渡的な世界だったのである。

賢治の童話に対する態度は、『注文の多い料理店』の新刊案内においてほぼ知ることができる。「少年少女期の終り頃からアドレセンス中葉に対する一つの文学」と賢治は読者対象まで明快に規定している。十二・三歳からアドレッセンス(思春期)初期の十五・六歳といえば、ちょうど現今の少年少女小説の年齢である。しかし賢治は、それをリアリズムの手法では描かなかった。そしてそこに、年齢を規定してはいても「卑怯な成人達に畢竟不可解なだけ」の「心の深部に於て万人の共通」という世代を超えた文学形式として童話が考えられた理由がありそうである。

賢治は花巻農学校教師時代に、ちょうど、童話の読者対象と考えた年齢層の生徒たちと常に接しており、自作の劇を指導して上演させてもいる。また羅須地人協会時代にも、付近の子供たちに童話を聞かせたりする子供会を持っていた。そしてそれが、作品を推敲する過程においてずい分参考になっていたらしい。けれども、賢治の場合それが子供たちに迎合したり、サービスしたり、教育したりという方向に結びつかず、あくまでも自己の心象スケッチという純粋な性格は守られたようである。後年、童話界の長老坪田譲治が、筑摩書房版全集の別巻で賢治の童話のすばらしさを賞賛したあとで、その読者は誰かという疑問を述べているが、理由のないことではない。また詩人の高村光太郎は同じく全集の別巻で「賢治さんの童話を読むと、これまでの童話類は何だか実がなくて、ただ大人が子供の為にわざと書いたものに過ぎなく見えて来て、つまらないといふことをよくききます」と述べ、光太郎自身も賢治の童話の純粋な文学性を絶賛し、成人にも迫力を持ってせまってくることを強調している。

しかし、実際にはかなり小さい子供たちからも、賢治の童話は親しまれているようである。英米児童文学の翻訳家で知られる瀬田貞二は「純粋な考えかたをして純粋な書きかたをしたために、童話になり、子どもに読まれるようになった」と賢治の選集に記している。が、おそらく前に書いた子供たちとの接触が、目に見えないようなかたちで、賢治に子供たちに対する配慮をも与えていたのであろう。

愛読書を聞かれた大人が、賢治の童話だけはためらいなしにあげることができるように、賢治の童話は一般文学の中でも児童文学としても古典となりうる充分な密度を備えているのである。

　芸術的児童文学の勃興期に小川未明や鹿島鳴秋の、そして「赤い鳥」の全盛時にその態度を異にした一人未明の、そして更に、未明の流れをくむ作家たちの大人にも子供にも読まれる童話創造の悲願が、この不遇な地方作家賢治によって、ひそかに果たされていたわけであった。

　ここでは分類した四種類の中から、それぞれ代表的な作品をとりあげて考察してみることにする。

未定稿

　「銀河鉄道の夜」は、いわば賢治の観念的時代から、実践活動時代への過渡期の作品である。創作年時は不明であるが、大正十四年の冬、『注文の多い料理店』出版記念の意味で菊池武雄、藤原嘉藤治、賢治の三人が花巻公会堂の広間に集まった時、賢治が「銀河鉄道の夜」の草稿を持っていて読んで聞かせたという。しかし、それは現在残されている「銀河鉄道の夜」ではなく、冒頭の学校の授業風景、活版所で働くジョバンニの姿は、描かれていない初稿であった。この作品は最後まで未定稿で完成されたものとなっていないのが惜しまれるが、それが決してこの作品の評価をマイナスにしてはいない。それ程、秀れた美しい童話なのである。

あらすじ

　午後の授業のことである。ジョバンニは銀河とは何か、と質問されて答えられなかった。ジョバンニは仕事で勉強の暇がなかったのだ。外国へラッコ捕りに出かけて父は留守だし、母は病気で寝ていた。ジョバンニは、朝は新聞配達、夕方は活版所の活字ひろいをしていたのである。その夜はケンタルウ祭であった。けれども、「まるで狐のやうに見える」ジョバンニを誰もさそってくれなかった。親友のカムパネルラさえそうなのだ。ああカムパネルラさえ一緒にいてくれたら。ジョバンニは母の牛乳を受け取りに町に出た。そこでジョバンニは、カムパネルラの水死に会った。ジョバンニは悲しかった。一人で丘の頂に来て、天の川をぼんやり眺めていた。

「するとどこかでふしぎな声が、銀河ステーション、銀河ステーションと云ふ声がしたと思ふと、いきなり眼の前が、ぱつと明るくなつて億万の螢烏賊の火を一ぺんに化石させて、そら中に沈めたといふ工合。またダイアモンド会社で、ねだんがやすくならないために、わざと獲れないふりをしてかくしておいた金剛石を、誰かがいきなりひつくりかへしてばら撒いたといふ風に、眼の前がさあつと明るくなつて、ジョバンニは思はず何べんも眼を擦つてしまひました。」

気がついた時にはジョバンニはカムパネルラと一緒に、天の野原を汽車で旅しているのだった。窓の外には銀色の空のすすきがゆらいでいた。ハレルヤ・コーラスの聞えた白い十字架の立つ島を過ぎると、白鳥停車場に着いた。そのあたりでは百二十万年前のくるみの化石がたくさんあった。車室に帰ってみると、ふしぎな方法で鳥を取る天の鳥捕りが二人の席にやってきた。そのうち車掌が切符を切りに来て、ジョバンニがでたらめに出した紙切れを見ると、丁寧に「南十字星《サウザンクロス》」着の時刻を言った。ジョバンニの切符は「天上どこぢやない、どこでも勝手にあるける通行券です。こいつをお持ちになれあ、なるほど、こんな不完全な幻想第四次の銀河鉄道なんか、どこまででも行ける」特別のものだったのである。鷺の停車場では、溺死した姉弟と家庭教師とが乗り込んできた。外の天の森にはかささぎや孔雀が飛んでいた。川にはいるかが泳いでいた。赤い旗をふって渡り鳥の交通整理をする人も見えた。けれどもジョバンニは少し寂しくなった。カムパネルラは、さっき乗り込んできた女の子と楽しそうに話しているから。と、新世界交響楽が聞こえ、とつぜんインデアンが汽車を追いかけてきた。汽車はどんどん走った。双子のお星さまのお宮を過ぎ、懺悔《ざんげ》のために真赤に燃える蝎《さそり》の火も通り過ぎた。そして南十字星に到着した。姉弟と家庭教師が降りていった。ジョバンニはまたカムパネルラと二人だけになった。

「僕、もうあんなに大きな闇の中だつてこはくない、きつとみんなのほんたうのさいはひをさがしに行く、どこまでもどこまでも僕たちは一緒に進んで行かう。」

ジョバンニが、こう言ってカムパネルラを見ると、そこにはカムパネルラの姿はなかった。ジョバンニは窓の外にからだを乗り出し、咽喉《のど》いっぱいに泣きながら呼んだのである。けれど、カムパネルラはもう姿を見せなかった。そして、さっきまでカムパネルラのいた席に一人の大人がすわっていた。

「みんながめいめいじぶんの神さまがほんたうの神さまだといふだらう。けれどもお互ほかの神さまを信ずる人たちのしたことでも涙がこぼれるだらう。それからぼくたちの心がいいとかわるいとか議論するだらう。そして勝負がつかないだらう。けれどももし、おまへがほんたうに勉強して、実験でちやんとほんたうの考へと、うその考へとを分けてしまへば、その実験の方法さへきまれば、もう信仰も化学と同じやうになる。けれども……この本のこの頁はね、紀元前二千二百年の地理と歴史が書いてある。……いいかい、そしてこの本の中に書いてあることは紀元前二千二百年ころにはたいてい本当だ。……けれどもそれが少しどうかなと斯う考へだしてごらん、そら、それは次の頁だよ。

紀元前一千前。だいぶ地理も歴史も変つてるだらう。この時には斯うなのだ。……ぼくたちはぼくたちのからだだつて考へだつて、天の川だつて汽車だつて歴史だつて、たださう感じてゐるのなんだから。」

その大人は、あらゆるひとのいちばんの幸福はどうして求められるのか、とたずねたジョバンニにこのように答えかける。ジョパンニははっとした。今まで気づかなかった広い世界がひらけたような気がした。

「僕は僕のために、僕のお母さんのために、カムパネルラのために、みんなのために、ほんたうのほんたうの幸福をさがすぞ。」

ジョバンニはこう叫んで、「夢の鉄道の中でなしに本当の世界の火やはげしい波の中」でみんなの幸福を探していこう、と四次元世界の切符をしっかり握ったのである。

夢からさめたジョバンニは、母に飲ませる牛乳を持って丘をかけおりていく。

四次元世界の切符　ジョバンニは現実社会での実践を決意した。実生活上で賢治が農村救済活動を決意した時期に作られた「銀河鉄道の夜」のジョバンニには、集約的に賢治自身の姿が投影されている。

北の海でラッコ捕りを業とし、今は監獄に入っていると、噂される父を持つジョバンニは著しく孤独な存在である。これは、少年時代短歌に蛭《ひる》やさそりにたとえ、また後年、社会的被告の立場にいるとまで言わせた質を家業とする伝統的な商家の家系を持つ賢治の悲しみである。そして親友カムパネルラの死は、賢治と信仰を同じくした優しい妹としの死である。妹の死が賢治に「オホーツク挽歌」等の一連の挽歌を歌わせたように、カムパネルラの死は、ジョバンニの心に玲瓏な四次元世界を展開させる。

賢治の作品に、はじめて四次元意識が発現したのは、盛岡中学卒業時の自我と家との相剋を記した短歌によってであった。宗教的な祈りの雰囲気の中で育ったことが、賢治に現実での葛藤を夢の世界で主張させることを容易にしたのである。その後法華経に帰依し、実生活上の孤独が加わって、ますます賢治の心象世界を膨大にしていったが、それと共に、四次元世界も確かな重味をもって賢治の心象に定着していったのである。前表の宗教的傾向の作品のうち前期に属するもので、四次元意識の世界が描かれている童話は「よだかの星」であるが、そこではたびたび書いてきたように、現実社会での苦しみからサンタマリアに祈りをささげたよだかは、星となってその生命を永遠なものにするという調和の世界として第四次元の世界がつかまえられた。それが、中期の「シグナルとシグナレス」に至ると、やや調和の世界に変質が生じている。現実のさまざまな障害にあってシグナルとシグナレスの恋は思い通りに自由の翼を広げることができない。そこで、二人は一心に祈る。すると二人は、もう夜空の星の世界で二人だけの世界を持つことができた。ここまでは「よだかの星」の調和の世界と同じく願えば叶えられる世界である。ところが、やがて二人は再び冷酷な現実に戻ってくる。そして「二人は又ほつと小さな息を」するのであった。「よだかの星」のより神秘的であった四次元世界が、ここに至って、かなり現実色を見せはじめたのである。そして更にこの「銀河鉄道の夜」では最後にジョバンニが悲しくカムパネルラと別れたように、賢治は幻想によってできていた四次元世界と寂しい別離を決意したのである。

　前期と中期の分岐点を妹としの死に求めたのは、賢治がこの死によって現世と死の世界との、たとえどんなに深遠な信仰心を持っていたにせよ、どうしても相容れない隔絶を認識したことによって四次元意識の世界の変質を余儀なくさせたと考えられるからである。

賢治の絵「でんしんばしらの兵隊」

　「銀河鉄道の夜」は、ヘッセやカロッサの描いたドイツのラテン語学校や、アミチスが『クオレ』で描いたイタリアの小学校の授業を想起させる午後の授業によって始まり、その銀河系の講義が伏線となってジョバンニの幻想四次元の世界を旅する銀河鉄道が発車する。

賢治は北上川の泥岩層の岸辺をイギリス海岸と名付けたり、作品の上では盛岡をモリーオ、仙台をセンダードなどと無国籍的に呼び、なおかつ、それらが日本の東北に実質を置いていたように、「銀河鉄道の夜」にジョバンニ、カムパネルラの名やヨーロッパ風な雰囲気はあっても、銀河鉄道を走る列車が軽便鉄道である通り、郷土のイメージは決して忘れられてはいない。

華麗にひらいた四次元世界では、第三次の現実社会で信じられているさまざまな現象が、ちょうどルイス・キャロルの「ふしぎの国のアリス」のアリスが旅した世界のように、まるででたらめとさえ思われるかたちをとって次々と現われては消えていく。そして、この実際生活ではでたらめとしか思えないよじれた現象の糸をたよりに、ジョバンニは、みんなの幸福のための法則を探し出す決意をするのである。

この作品は未定稿でもあり、原稿末尾に更に何度かの推敲を意図する賢治の言葉「開拓功成らない義人に新しい世界現はる」が記されているように、たしかにジョバンニの決意に観念的なものが見られはする。しかし、壮大に描き出された四次元世界は賢治の心象の振幅の大きさを語って余りあり、賢治の童話の中で最も感動的な作品であることに違いはない。

「銀河鉄道の夜」は大正十四年頃の作と推定されているが、これの初稿と思われるような作品「ひかりの素足」が大正十年前後に書かれている。これは村童スケッチ風な写実的な文章で書かれた作品で、四次元意識の世界も露骨に宗教色が粉飾されていて、構想も小さく「銀河鉄道の夜」には比すべくもない。

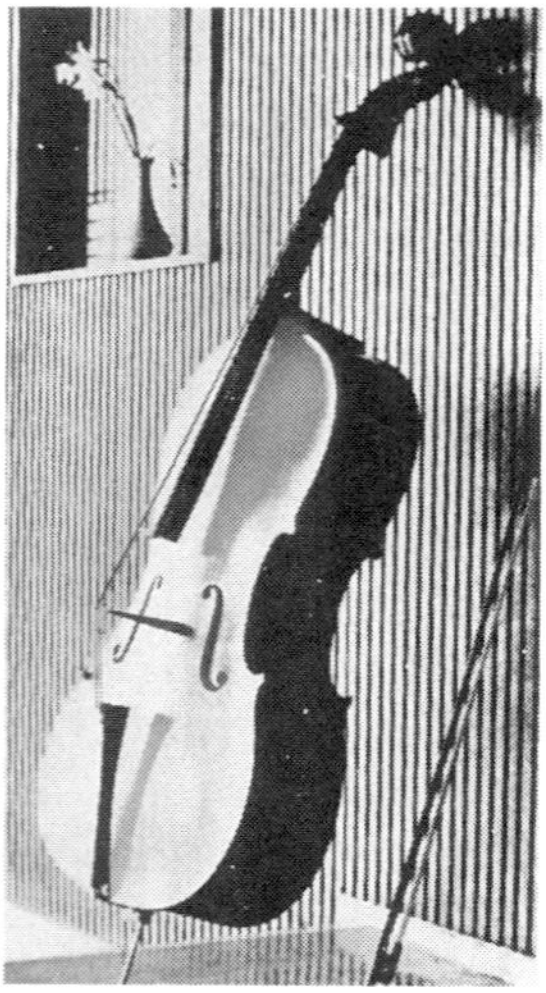
賢治の愛用したセロ

デクノボウ

賢治の宗教的傾向の強い作品には、これら四次元意識の世界を描いたもののほかに、手帳に記した「雨ニモマケズ」の晩年の賢治が理想としたデクノボウ的性格が描かれている一連の作品がある。表中の「虔十公園林」「祭の晩」「気のいい火山弾」「セロ弾きのゴーシュ」等である。デクノボウは、賢治の晩年に至りえた宗教的境地の生み出したものであるが、ごく初期の「どんぐりと山猫」にも既にその萌芽があった。

どのどんぐりが一番えらいか、という裁判に招かれた一郎が「このなかでいちばんばかで、めちやくちやで、まるでなつてゐないやうなのが、いちばんえらい」と語っている。愚鈍で実直で清純な平凡人に対する讃美である。「セロ弾きのゴーシュ」のゴーシュ、「祭の晩」等の山男ものの山男、「気のいい火山弾」のベゴ石はみなそうである。これは、すべて賢治の羅須地人協会時代から後に創作されたと推定されている。

読書感想文コンクールなどによっても賢治の作品はかなり読まれていることがわかるが、取りあげられる作品は宗教的傾向を持つ作品が多いようである。深い苦悩を背負った清冽な理想主義が、子供たちの純粋な共感をよぶようである。

グスコーブドリの伝記

自画像

賢治には、体制批判や社会主義的傾向を持つ作品も幾編かある。「グスコーブドリの伝記」はその範囲に入れるには疑問の余地を残すが、もっとも現実色の強い唯一の完成された長編童話という点で、ここで取りあげることにした。また賢治の自画像とでも言うべき作品も「セロ弾きのゴーシュ」はじめ幾編かあるが、「グスコーブドリの伝記」は、賢治の生涯を扱っている点で興味深い。

昭和七年三月、詩人佐藤一英の編集する雑誌「児童文学」(文教書院)二号に発表した作品である。

あらすじ

グスコーブドリはイーハトーヴの森で生まれた。ネリという仲の良い妹があった。ブドリが十歳の年、寒い夏のためにオリザ(稲)は一粒も実らず、果物も収穫がなかった。父母はまるで病気のように頭をかかえていた。或る時、父は「おれは森へ行つて遊んでくるぞ」と出かけたまま帰らなかった。まもなく母もよろよろと二人を残して森へ姿を消してしまった。二人は泣いて森中を探しまわった。

或る日、「私はこの地方の飢饉を救けに来たものだ。さあ何でも食べなさい」とひもじいブドリとネリを訪ねた人があった。その人は、泣きじゃくるネリを籠に入れて連れ去った。ブドリは「どろぼう」と追いかけたが、疲れのために森の中で倒れてしまった。

ブドリが気がついた時、てぐす（かいこ）を飼っているという男がブドリの前に立っていた。男は栗の木に一生けん命網を投げかけていた。男は「この森は、すっかりおれが買ってあるんだから、ここで手伝ふならいいが、さうでもなければどこかへ行つて貰ひたいね。もっともお前はどこへ行つたつて食ふものもなからうぜ」とブドリに言った。ブドリは、しかたなく男のてぐす飼いを手伝った。けれども仕事がつらいので、ブドリは家へ帰ることにした。ところが、ブドリの家にはいつのまにか「イーハトーヴてぐす工場」の看板がかかっていた。それで、ブドリはまた男たちの仕事を手伝った。毎日薪とりに出かけた。蚕が繭《まゆ》をかけはじめるとブドリはそれを片っぱしから鍋に入れて煮て、手で車をまわしながら糸をとった。小屋に半分ほど黄色い糸がたまったころ、六・七台の荷馬車が来て紡いだ糸を乗せていった。

次の年、また同じようにてぐす飼いが始まった時、俄《にわか》に地震が来て、空からは灰がばさばさ降って来た。

「噴火だ。噴火がはじまつたんだ。てぐすはみんな灰をかぶつて死んでしまつた。みんな早く引き揚げてくれ。おい、ブドリ、お前ここに居たかつたら居てもいいが、こんどはたべ物は置いてやらないぞ。それにここに居ても危いからな。お前も野原へ出て何か稼ぐ方がいいぜ。」

男はブドリにそう言うと走り去って行った。そこでブドリはしょんぼりと、白い灰をふみながら野原の方へ歩いていったのである。

森を出切った時、ブドリは目を見はった。

「野原は眼の前から、遠くのまつしろな雲まで、美しい桃いろと緑と灰色のカードでできてゐるやうでした。……その桃いろなのには、いちめんにせいの低い花が咲いてゐて、蜜蜂がいそがしく花から花へわたつてあるいてゐましたし、緑いろなのには、小さな穂を出して草がぎつしり生え、灰色なのは浅い泥の沼でした。そしてどれも、低い幅のせまい土手でくぎられ、人は馬を使つてそれを掘り起したり掻き廻したりしてはたらいてゐました。」

ブドリは、肥料の話をしている笠をかぶったおじいさんに近づくと思わずおじぎをして、「ぼくを使ってくれませんか」と頼んだ。すぐに承知してくれ、ブドリは毎日その沼ばたけで働いた。オリザの苗も植えつけた。たとえようがないほど忙しかった。

ある朝、おじいさんはブドリを連れて沼ばたけへ行って見た。そして「あつ」と叫んだ。

「『病気が出たんだ。』主人がやつと云ひました。

『頭でも痛いんですか。』ブドリはききました。

『おれでないよ。オリザよ。それ。』主人は前のオリザの株を指さしました。なるほどどの葉にも、いままで見たことのない赤い点々がついてゐました。」

おじいさんは沼ばたけに石油を注ぎ込み、オリザがかくれるほど水を入れた。けれどもオリザはやはりだめだった。すっかり赤い斑《まだら》で焼けたようになっている。それでおじいさんはその年のオリザをあきらめ、代りに蕎麦をまくことにした。おかげでその年は、毎日毎日蕎麦ばかりブドリは食べたのである。

次の年にそなえてブドリは勉強した。片っぱしから本を読んでいった。その効果がたちまち現われ、次の年は豊作だった。しかし、その次の年はひでりでさんざんな目に会った。その次も順調にいかなかった。主人のおじいさんは今年こそ今年こそと年毎に肥料を多くして、馬も売り、沼ばたけも売ってずいぶん少なくなってしまったのである。

おじいさんはブドリに気の毒がって、一袋のお金と麻の服を与え、新しい仕事に進むことを勧めたのであった。

ブドリは本で知ったクーボー大博士の学校へ行こうと決めた。ブドリはクーボー大博士を訪ね、授業を受けた。ちょうどその日は、大博士の全講義終了の日であった。かんたんなテストがあって、それぞれの学生の合格者は働く場所が決められた。ブドリも自分の手帳を出して審査を受けた。質問にも答えた。大博士はブドリを気に入り、仕事紹介の名刺を書いてくれた。

ブドリの訪れた先は、イーハトーヴ火山局技師ペンネンナームであった。ペンネン老技師の案内でブドリは家の中を案内してもらう。

「その建物のなかのすべての器械はみんなイーハトーヴ中の三百幾つかの活火山や休火山に続いてゐて、それらの火山の煙や灰を噴いたり、熔岩を流したりしてゐるやうすは勿論、みかけはぢつとしてゐる古い火山でも、その中の熔岩や瓦斯のもやうから、山の形の変りやうまで、みんな数字になつたり図になつたりして、あらはれて来るのでした。そして烈しい変化のある度に、模型はみんな別々の音で鳴るのでした。」

ブドリはこの仕事が気に入った。ペンネン老技師からあらゆる器械の扱い方、観測のしかたを学んだのである。

或る日、サンムトリという南の海岸にある火山の活動を器械が記録した。

「これはもう噴火が近い。今朝の地震が刺戟したのだ。この山の北十キロのところにはサンムトリの市がある。今度爆発すれば、多分山は三分の一、北側をはねとばして、牛や卓子《テーブル》ぐらゐの岩は熱い灰や瓦斯といつしよに、どしどしサンムトリ市に墜《お》ちてくる。どうでも今のうちにこの海に向いた方へボーリングを入れて傷口をこさへて、瓦斯を抜くか熔岩を出させるかしなければならない。」

ペンネン老技師とブドリは、すぐに支度してサンムトリへ向かった。

山にそなえつけられた観測器は、もう十日で爆発することを知らせていた。二人はすぐにサンムトリの市と連絡をとり、準備はすべて整った。サンムトリを遠く離れた場所で、ペンネン老技師はスイッチを入れた。サンムトリの裾野がゆれ、真黒な煙が立ちのぼると同時に黄金色の熔岩が、海へ流れ出ていった。成功したのである。

それから四年たった。念願の潮汐《ちようせき》発電所もできた。

その次の年、イーハトーヴ火山局は、次のようなポスターをイーハトーヴの町や村へ配ったのである。

「窒素肥料を降らせます。今年の夏、雨といつしよに、硝酸アンモニヤをみなさんの沼ばたけや蔬菜ばたけに降らせますから、肥料を使ふ方は、その分を入れて計算してください。分量は百メートル四方につき百二十キログラムです。雨もすこしは降らせます。……」

秋になった。十年の間なかったほどの豊作だった。火山局には感謝状がたくさん届けられた。ところが或る日ブドリが小さな村を通りかかった時、不注意でポスターを見なかった村人に「きさまの電気のお陰で、おいらのオリザ、みんな倒れてしまつたぞ」と寄ってたかってなぐられた。ブドリは入院した。

入院中の或る日、ブドリのもとにネリという婦人が訪ねてきた。ネリは十歳の時別れた妹であった。ネリは今は幸せになっていた。

それから五年の間は本当にブドリにとって順調で楽しい日々だった。ネリには子供が生まれた。そんな或る日、ブドリの父の墓が森の中に見つかった。ブドリは石灰岩の墓を建て、その森を通るたびにいつも寄っていくことにした。

ブドリが二十七歳の時である。おそろしい寒波がイーハトーヴを襲ったのである。五月に入ってもみぞれが十日も降り続いた。

ブドリは思案した。カルボナードの火山島が爆発したら、ふき出す炭酸ガスで気候を変えることができると考えた。恩師クーボー大博士もその考えは正しいと言った。平均五度くらい暖かくなるとも言った。

「『先生、あれを今すぐ噴かせられないでせうか。』

『それはできるだらう。けれども、その仕事に行つたもののうち、最後の一人はどうしても遁げられないのでね。』

『先生、私にそれをやらしてください。……』」

ブドリはイーハトーヴの人々の犠牲となることを決意した。三日後、ブドリはカルボナード島へ渡ったのである。

爆発は成功し、気候は暖かくなった。そして物の収獲は平年並みを記録したのである。

信仰と科学の調和

羅須地人協会時代の実践的農村救済活動、東北砕石工場時代の石灰肥料による土質改良を中心にすえた賢治の自伝的作品である。

また、グスコーブドリの少年時代の孤独な境涯は「銀河鉄道の夜」のジョバンニの孤独に通ずるもので、おそらく信仰を異にする父及び家業に対するイメージなのであろう。

本来ならば宗教的傾向の類に属すべき作品であるが、科学がことに強調されて現実改良が前面に表われているという観点から表中二番の類に含んだのである。

「グスコーブドリの伝記」の第一稿は、大正九年頃の作と推定される「ペンネンネンネンネン・ネネムの伝記」である。これはとるに足らない奇怪な化物世界の幻想である。それがメモ「ペンネンノルデはいまは居ないよ」のように構想が改められ、幾度かの推敲が重ねられて現在ある作品へと進んできたものと思われる。飢饉の年に両親に去られるという書き出しは、おそらくグリム童話の「ヘンゼルとグレーテル」によったものであろう。

端的に言って「グスコーブドリの伝記」は、農村に献身的に奉仕した一人の人間像を描いているのだが、現実の人間生活に立脚しているほどにリアルな迫真性を持ってはいない。これはブドリの農民生活以後が、地につかない夢に大きなスペースをさいていることに由来すると考えられる。最後の自己犠牲にしても必然性が感じられないし、説得力がない。科学が宗教の参加によって初めてその使命を果たすということであろうか。あるいは犠牲を強いる科学の本質的な一面をついたものであろうか。

社会主義的傾向を持った作品や体制批判のある作品といえば、「オツペルと象」や「注文の多い料理店」等があげられるわけであるが、生涯編でふれておいたのでここでは割愛する。

風の又三郎

賢治の童話の中では、もっともポピュラーな親しみを持たれた作品である。劇団東童は築地小劇場で上演したし、昭和十五年には劇団東童と日活の提携で、島耕二の監督により映画化されてもいる。創作年次は不明であるが、初期に作られた村童スケッチ「種山ヶ原」を発展させたものと考えられる。また第一稿である異稿も残されている。冒頭の、

村童スケッチ

どつどど　どどうど　どどうど　どどう
あゝまいりんごも吹きとばせ
すつぱいりんごも吹きとばせ
どつどど　どどうど　どどうど　どどう

という風のリズムは、「風の又三郎」の登場にふさわしい郷土色豊かな幻想となっている。

風の又三郎（日活作品）

あらすじ

谷川の岸にある小さな小学校に「まるで顔も知らないをかしな赤い髪の」新入生がやって来た。生徒たちは言葉が通じないようなその子供を、はじめは外国人だと考えた。名前は高田三郎と言った。それで、こんどは風の又三郎だと考えた。或る日、三郎をさそって六年生の一郎たちは湧水《わきみず》まで遊びに行った。それから面白くなって、ぐんぐん歩いて馬の放牧場までやって来た。三郎が馬をこわがったので、一郎たちは騒ぎまわった。そして、馬追いの競走をした。ところが余り夢中になったので、馬を柵の外へ追い出してしまったことに気づかなかった。馬は一目散《いちもくさん》に逃げていった。気のついた三郎と嘉助は一生懸命に馬を追いかけた。嘉助がくたびれて倒れた時、三郎だけはぐんぐん先へ走っていった。まもなく三郎の姿は嘉助から見えなくなった。しばらくして、空はにわかに暗くなり、冷たい風が吹きだし、すすきがざわざわと音をたてた。

嘉助はあわてて帰る道をさがしたが、どこがどこやらわからない。がっかりしたのと疲れたので嘉助は再び草の上に倒れて眠ってしまった。嘉助は夢を見た。きっと唇を結んだ三郎が、鼠色の上衣にガラスのマントを着て、足にはガラスの靴をはき、嘉助の前にすわっていた。三郎の背後では、風がどんどんどんどん吹いていた。三郎は黙っている。と、いきなりガラスのマントをギラギラ光らせ、三郎はひらりと空に飛びあがったのである。

嘉助が眼をひらいた時、さがしに来た一郎と一郎の兄さんとが前に立っていた。馬もいた。三郎もそばに立っていた。

翌日、三郎たちは葡萄を取りに出かけた。途中で三郎はたばこの葉を知らずに一枚むしってしまった。たばこの葉は専売局で一枚ずつ数えている。耕助は「又三郎何してとつた」と三郎をののしった。山に来てからも耕助は三郎に意地悪だった。それで、三郎は栗の木にのぼって木をゆすった。冷たい雫が耕助をざっとぬらした。三郎は知らん顔で「風が吹いたんだい」と言った。そしてもう一度雫を落とした時、耕助はかんかん怒って、「うわい又三郎、風などあ世界中に無くてもいいな、うわい」と叫ぶ。おもしろくなった三郎は風が無い方が良い理由を耕助に言わせてみる。家を壊す、電信柱を倒す、シャップ（帽子）を飛ばす。三郎は、それからそれからと催促して耕助にどんどん言わせる。すると耕助は風車を壊すと言い出した。風を喜ぶ風車が出たので三郎はおかしくて涙の出るほど笑ってしまう。ところが耕助は三郎の笑いにつられたのか、自分まで笑い出してしまう。それで、二人のきげんはすっかりなおってしまったのだった。

次の日三郎たちは川原へ泳ぎに行った。そこでみんなは禁じられている発破《はっぱ》をしかけて魚をとるのを見た。また、専売局の人がわらじと脚絆《きゃはん》を水につけて、まるでよごれを落とすようにぴちゃぴちゃ歩きまわるのを見た。三郎たちが「あんまり川をにごすなよ、いつでも先生言ふでないか」といっせいに叫んだので、その人は気まり悪そうに去っていった。

翌日も河原へ出かけた。佐太郎が、発破と同じく禁じられていた魚の毒もみにつかう山椒の粉を川へ流して魚を捕えようとした。三郎も一郎も楽しくなかった。けれども、ふしぎに魚は一匹も浮かびあがって来なかった。

そこでみんなは鬼っ子（鬼ごっご）をすることになる。三郎の鬼の時だった。「又三郎、来《こ》」と馬鹿にしたはやし声に三郎は怒ってしまう。夢中でみんなを追いかけた。あまり三郎がはげしいので、一郎もみんなもこわくなってすぐにつかまえられてしまった。

その時、空はずいぶん暗くなっていて、山の方では雷が鳴りだした。そして夕立がやって来た。風もひゅうひゅう吹きだした。みんなは着物をかかえて、ねむの木の下に逃げ込んで行った。それで向かい岸にいた三郎もこわくなって水に飛びこみ、みんなの方へ泳ぎだした。

するとその時、三郎の耳に

どつどど　どどうど　どどうど　どどう

あまいざくろも吹きとばせ
すっぱいざくろも吹きとばせ
どつどど　どどうど　どどうど　どどう
どつどど　どどうど　どどうど　どどう
どつこどつこ又三郎
ざつこざつこ雨三郎

と叫ぶ声が、どこからか聞こえて来たのである。三郎はあわてて岸に泳ぎつき、みんなといっしょに家へ帰って行った。

次の朝、一郎が起きると外はひどい雨風だった。

「昨日まで丘や野原の空の底に澄みきつてしんとしてゐた風が、今朝夜あけ方俄かに一斉に斯う動き出して、どんどんどんどんタスカロラ海溝の北のはしをめがけて行く」と思うと、一郎は自分が空を飛んでいくような気持ちになって、胸がいっぱいになった。一郎は大急ぎで台所を拭き、ぶるぶる顔を洗って、「又三郎が飛んでつたがも知れないもや」と学校へかけていく。先生に聞いてみると、想像した通り高田三郎は転校することになったという。父親が会社のつごうで引っ越すことになったからだという。けれど一郎はこう思った。

「さうだないな。やつぱりあいづは風の又三郎だつたな。」

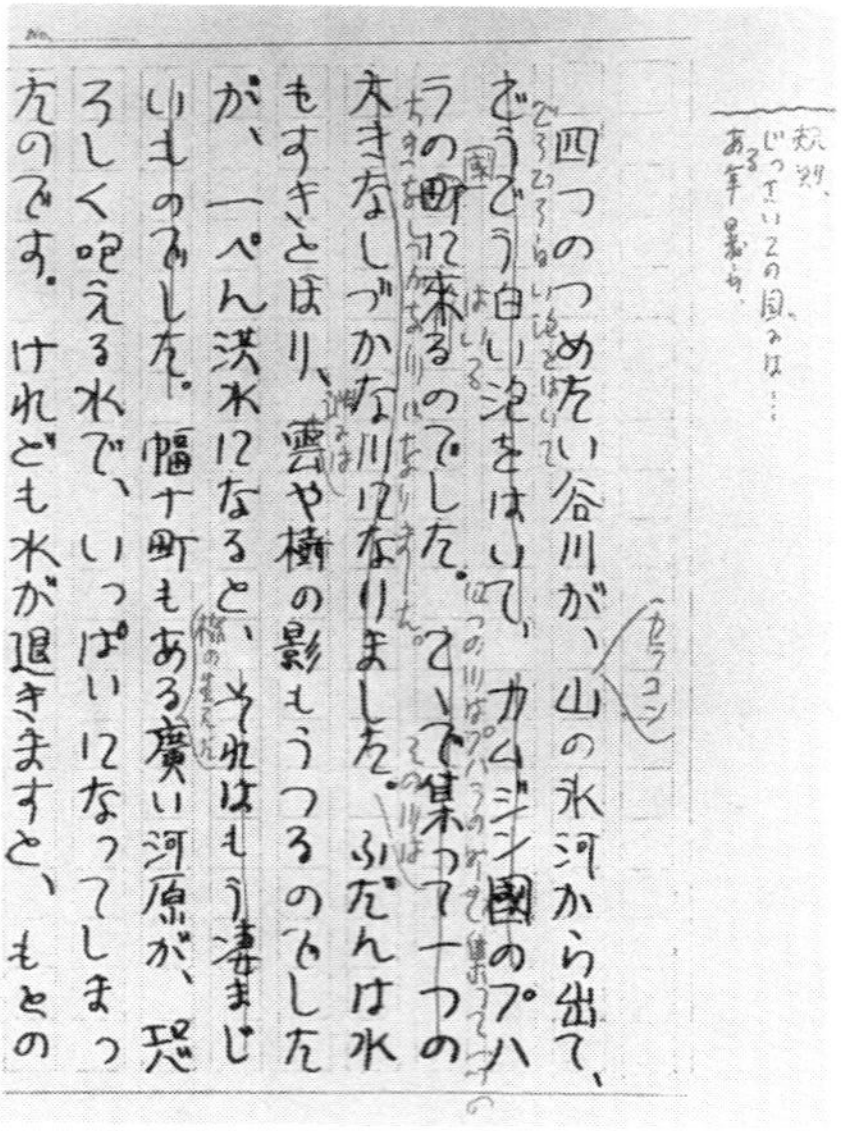
四つのつめたい谷川が、山の氷河から出て、どうどう白い泡をはいて、カムジン国のプハラの町に来るのでした。そして集って一つの大きなしづかな川になりました。ふだんは水もすきとほり、雲や楢の影もうつるのでしたが、一ぺん洪水になると、それはもう凄まじいものでした。幅十町もある廣い河原が、恐ろしく吼える水で、いっぱいになってしまったのです。けれども水が退きますと、もとの

童話原稿
「毒もみの好きな署長さん」

写実と幻想

異稿「風の又三郎」が日記風の体裁がとられているように、この作品は村童日記ということができる。

賢治は心象スケッチの詩において、的確な写生をも修得していた。この作品では写生と、どうしてもそんなことがありそうだと最後に思わせるような幻想とがみごとに融合しているといえる。

九月初旬という時間的背景と結びついて三郎少年が登場し、極めて自然に山の少年たちの神秘的な想念に溶け込んでいく。九月初旬の自然、気象の変化に科学的な根拠を置いているところに発想の非凡さがあり、この作品を成功させた理由も存するのであろう。

郷土色の濃い作品にはこのような村童スケッチのほかに郷土の昔話・民話の再構成的作品がある。たとえば「ざしき童子のはなし」である。また、郷土の自然に密着した「雪渡り」「水仙月の四日」「狼森と笊森盗森」「鹿踊りのはじまり」などがあり、原初的とでも言えそうな賢治独自の感覚世界が築かれている。

かしはばやしの夜

原初的幻想

「かしはばやしの夜」は、大正十年の上京が妹としの病気のために、急に中断となったその直前の八月二十五日に書かれたものである。予定した十二冊のシリーズ中の第一集として公刊された『注文の多い料理店』収録の九編のうちの一編である。生涯編でもその特異な感覚にふれておいたが、他をよせつけない天才ぶりを発揮しているのがこの作品である。

あらすじ

日暮れ時、清作はせっせと稗の根もとに土をかけていた。その時「鬱金《うっこん》しやっぽのカンカラカンのカアン」と、どなる声が聞こえた。清作はそっと足をしのばせて声のする方へ走っていった。

すると突然、清作はえり首をつかまえられた。トルコ帽をかぶった絵かきであった。「何といふざまをして歩くんだ。まるで這ふやうなあんばいだ……どうだ弁解のことばがあるか」と、絵かきは怒って言った。清作は弁解の言葉も無かったし、めんどうだったのでさっきの真似《まね》をして「赤いしやっぽのカンカラカンのカアン」と叫んだ。

するとと絵かきはひどく喜んで笑った。そして改めて「いや今晩は、野はらには小さく切つた影法師がばら播きですね」と清作にあいさつする。清作も敗けずに「お空はこれから銀のきな粉でまぶされます」とあいさつの言葉を返した。

絵かきはもうすっかり喜んでしまい、「おれは柏の木大王のお客さまになつて来てゐるんだ。おもしろいものを見せてやるぞ」と言って、清作を連れて林の中へ入って行った。途中で、一本の柏の木が清作をころばそうと足をさっと出した。清作はすばやく飛びこえた。するとその時、風が吹き、柏の木は一斉に「せらせらせら清作、せらせらせらばあ」と声を出した。清作は敗けずに「へらへらへら清作。へらへらへらばばあ」とやったのである。柏の木はびっくりしてしまった。

大王の前にくると絵かきは「前科九十八犯ぢやぞ」と清作を紹介した。清作は違うとどなった。すると大王は証拠があると言う。とうとう清作と大王は喧嘩になった。

その時お月さまが東の空にのぼってきた。柏の木々が歌い出した。それで喧嘩もおさまった。大王もつられて歌い出す。絵かきはそこで柏の木々に順々に歌わせようとした。そして賞品の歌を歌った。

一とうしやうは白金メタル
二とうしやうはきんいろメタル

…………………

九とうしやうはマッチのメタル
十とうしやうから百とうしやうまで
あるやらないやらわからぬメタル。

大王も笑って賛成した。一本の柏の木が歌い出そうとした。するとその時、歌を書き取ろうとした絵かきの鉛筆が折れたので、絵かきはすぐに鉛筆を削った。林を汚すまいと削りかすを自分の靴に入れたのを見て、柏の木たちは感心した。

柏の木たちの歌が始まった。絵かきはそれをいちいち手帳に記録した。いろいろな歌が出た。清作をひやかす歌も出た。

と、そのうち柏の木が歌うのをやめたのである。みると梟《ふくろう》が柏の木の腕や頭や胸にいちめんにとまっている。そして梟の大将は柏の木と連合で大乱舞会を始めようと提案した。大王の賛成で梟の大将の歌が始まった。

からすかんざゑもんは
くろいあたまをくうらりくらり
とんびとうざゑもんは

あぶら一升でとうろりとろり、
そのくらやみはふくろふの
いさみにいさむもののふが
みみずをつかむときなるぞ
ねとりを襲ふときなるぞ。

そしてこんどは、柏の木と梟はいっしょになって歌い出した。柏の木は両手をあげたり足を投げたり、梟はそれに合わせて、銀色の羽をさっさっとひらいたりとじたり踊ったのである。するとまもなくして、

雨はざあざあ　ざつざざざざあ
風はどうどう　どつどどどどう
あられはぱらぱら　ぱらぱらつたたあ
雨はざあざあ　ざつざざざざあ

と冷たい霧が落ちてきた。柏の木はまるで化石したように動かなくなった。梟も逃げていった。

このあらすじを読んでわかるように、ここに描き出されるのは、賢治と自然との生命力にあふれた交歓である。自然の内奥からの驚きを賢治の天才的な感官が言葉に定着する。感動の極致である。ここにある童謡の単純なリズムは民謡の健康さを持ち、リズム感・舞踏性が躍如している。

このような生命力にあふれた作品には「鹿踊りのはじまり」がある。

また、郷土色豊かな作品には、ほかに静かな透明な感じのする「やまなし」や「朝に就ての童話的構図」がある。

年　譜

一八九六年(明治二九)　八月二七日、岩手県稗貫郡花巻川口町（現在花巻町豊沢町）宮沢政次郎の長男として、母いちの実家同町鍛治町の宮沢善治宅で誕生。当時、家は質屋及び古着屋を営んでいた。

一九〇三年(明治三六)**七歳**　四月、花巻町立花城小学校尋常科に入学。

一九〇九年(明治四二)**一三歳**　四月、岩手県立盛岡中学校に入学。寄宿舎に入る。植物鉱物の採集に熱中する。この頃より短歌創作を始める。

一九一三年(大正二)**一七歳**　三月、舎監排斥騒動に加わり、寄宿舎を追放される。市内の仏寺に下宿する。

一九一四年(大正三)**一八歳**　三月、中学校を卒業。進学を断念し、四月、鼻の手術のため岩手病院に入院。手術後発熱し、発疹チフスの疑いがあり二ヵ月入院。九月、法華経を読み、感動する。退院後は受験準備を始める。

一九一五年(大正四)**一九歳**　四月、盛岡高等農林学校第二部に入学。寄宿舎に入る。

一九一六年(大正五)**二〇歳**　四月、特待生となり級長を任命される。五月、短編「家長制度」執筆。

一九一七年(大正六)**二一歳**　四月、引き続き特待生、級長を命ぜられる。七月、「秋田街道」執筆。

一九一八年(大正七)**二二歳**　三月、盛岡高等農林学校本科を卒業。続いて地質土壌肥料研究のため研究科入学。四月十日、岩手県稗貫郡より郡内土性調査を嘱託される。また盛岡高等農林学校より実験指導補助を嘱託。五月より九月まで、小泉・神野助教授と共に実地調査に従事。六月頃より童話創作を始め、童話「めくらぶだうと虹」「雙子の星」等執筆。また、童話風の「手紙」を印刷し配布した。十二月、妹としの病気看護のため、母と共に上京。

一九一九年(大正八)**二三歳**　二月、とし全快し、帰郷。五月、童話「土神ときつね」、短編「ラジウムの雁」等執筆。この年、としは賢治の短歌を一冊にまとめる。

一九二〇年(大正九)**二四歳**　五月、研究科修業。この年、国柱会に入会し、布教に熱中する。童話「貝の火」「ペソネンネンネンネネムの伝記」を執筆。

一九二一年（大正一〇）**二五歳**　一月二三日、突如上京する。国柱会を訪問する。爾来、筆耕・校正等で自活自炊し、布教活動に専念する。二月には高智尾智耀のすすめもあり、文芸による大乗仏教の真意普及を決意する。この間、童話の創作に熱中する。九月、とし病気の報に帰郷。九月に童話「どんぐりと山猫」、十一月に「注文の多い料理店」執筆。十二月には童話「雪渡り」を「愛国婦人」に発表。同じ十二月、岩手県立花巻農学校教諭となる。この年、花巻高等女学校音楽教諭藤原嘉藤治を知る。また、詩作を始めている。

一九二二年（大正一一）**二六歳**　一月、詩「屈折率」「くらかけ山の雪」、童話「水仙月の四日」執筆。二月、エスペラント語の独習を始める。また、「精神歌」等を作詩作曲し、生徒に教える。四月に童話「山男の四月」、八月に「かしはばやしの夜」九月に「月夜のでんしん柱」等を執筆。十一月二七日、妹とし死亡、衝撃を受ける。この年、詩集「春と修羅」中の詩作の多くを作る。

一九二三年（大正一二）**二七歳**　一月、婦人画報社に弟清六が童話原稿を持参したが掲載を断わられる。四月、「岩手毎日新聞」に童話「やまなし」、詩「東岩手山火山」を発表。五月、自作「バナナン大将」「植物医師」を生徒に上演させる。八月、青森・北海道・樺太を旅し、詩「青森挽歌」「津軽挽歌」「オホーツク挽歌」を創作。この年、交響楽のレコードを多数蒐集。

一九二四年（大正一三）**二八歳**　二月、「春と修羅」第二集起稿。四月、『春と修羅』第一集を一千部自費出版する。この頃、花巻病院の花壇等を設計工作する。七月二三日、辻潤が読売新聞紙上で「春と修羅」を激賞。八月、「ポランの広場」「種山ヶ原の夜」を生徒に上演させる。十二月、童話集『注文の多い料理店』を出版。十二月、佐藤惣之助が「日本詩人」誌上で「春と修羅」を激賞。

一九二五年（大正一四）**二九歳**　七月、オルガン・セロの独習を始める。森荘已池編輯の「貌」創刊号に詩「鳥」等発表。八月、「貌」二号に詩「過去情炎」発表。九月、「貌」三号に詩「春二篇」等発表。草野心平編輯「銅羅」四号に詩「負景二篇」発表。十二月、「銅羅」五号に詩「休息」等発表。「虚無思想研究」（一巻六号）に詩「冬」

発表。この年、上京して高村光太郎を訪問、草野心平とも文通始める。

一九二六年（大正一五）**三〇歳**　一月、「貌」四号に詩「雲」等を、尾形亀之助編輯「月曜」に童話「オツベルと象」を発表。二月、「銅羅」六号に詩「秋と負債」等を、「月曜」に童話「ざしき童子のはなし」を発表。三月、「月曜」に童話「猫の事務所」発表。三月末日、花巻農学校を依願退職。四月より、花巻町大字下根子小字桜で独居自炊生活を始める。六月頃「農民芸術概論綱要」執筆。旧盆十六日、羅須地人協会を設立する。また、近在の農村に肥料設計事務所を設け、農村を巡歴して稲作・肥料の指導講習を行なう。十二月、「銅羅」九号に詩「永訣の朝」を発表。この月、上京してオルガン・タイプライター・エスペラントの講習を受ける。

一九二七年（昭和二）**三一歳**　二月、「銅羅」十号に詩「冬と銀河ステーション」を発表。六月頃までに約二千枚の肥料設計を行なう。この頃、冷害・水害・旱魃等の災害のある毎に盛岡測候所や水沢天文台を訪れ、対策に奔走する。九月、「銅羅」十二号に詩「イーハトーヴォの氷霧」発表。この年、白菜・ダリヤ等の収穫多量、町内に配給する。十一月頃上京して、セロの指導を受ける。

一九二八年（昭和三）**三二歳**　一月、肥料設計・詩作を継続するが、漸次身体衰弱する。二月、「銅羅」十三号に詩「氷質の冗談」を発表。六月、上京して詩「東京」等を創作。続けて伊豆大島を旅行し、詩「三原三部」を創作する。八月、稲作不良を心痛し、風雨の中を東奔西走、遂に肋膜炎となり、父母の許に病臥する。

一九二九年（昭和四）**三三歳**　病床にて読書、詩の推敲を行なう。春頃、中国の詩人黄瀛来訪。

一九三〇年（昭和五）**三四歳**　俳句、文語詩の創作を始める。夏、東北砕石工場主鈴木東蔵来訪。

一九三一年（昭和六）**三五歳**　三月、病気一時快癒。四月、東北砕石工場技師となり、炭酸石灰及びその製法改良・加工に従事し、岩手・秋田・福島・東京等を巡回して宣伝につとめる。七月、「児童」創刊号に童話「北守将軍と三人兄弟の医者」を発表。この月、「詩神」に草野心平が「宮沢賢治論」を発表。九月十九日、炭酸石灰等の製造品見本を携行して上京したが、発病して東京神田の八幡館に病臥する。父の厳命により帰郷、病床生活に入る。十一月、手帳に「雨ニモマケズ」執筆。

一九三二年(昭和七)**三六歳**　三月、「児童」二号に童話「グスコーブドリの伝記」を発表。四月、母木光編集の「岩手詩集」第一輯に詩「早春独白」発表。十一月、多田ヤス編輯の「岩手女性」四号に文語詩「母」「祭日」等を発表。

一九三三年(昭和八)**三七歳**　僅かに歩行可能となる。詩・童話の推敲、読書、肥料設計を行なう。二月、吉田一穂編輯「新詩論」二号に詩「半陰地撰定」を発表。三月、吉野信夫編輯「詩人時代」に詩「詩への愛憎」を、菅原章人編輯「天才詩人」六号に童話「朝に就ての童話的構図」発表。七月、「岩手女性」に詩「花鳥図譜七月」発表。この頃、詩の浄書を始める。八月、文語詩を推敲する。九月十九日、花巻町鳥谷崎神社祭礼の神輿渡御を礼拝する。九月二十日、急性肺炎の徴候見える。同夜遅くまで農民の肥料相談に応じ疲労する。九月二一日、午前十一時三十分容態急変。国訳妙法蓮華経の印刷物を知己に配ることを遺言し、午後一時三十分永眠する。二三日、花巻町真宗安浄寺に埋葬したが、後に、同町日蓮宗身照寺に改葬する。法名「真金院三不日賢善男子」。

参考文献

宮沢賢治	佐藤隆房	富山房	昭14・9
宮沢賢治	森荘已池	小学館	昭18・9
宮沢賢治素描	関登久也	協栄出版社	昭18・9
宮沢賢治覚書	小田邦雄	弘学社	昭18・11
宮沢賢治研究	古谷綱武	日本社	昭23・4
宮沢賢治の肖像	佐藤勝治	十字屋書店	昭23・6
宮沢賢治の生涯と作品	東光敬	人文書房	昭24・1
宮沢賢治の童話文学	和田利男	不言社	昭24・4
宮沢賢治	谷川徹三	要書房	昭26・6
宮沢賢治	国分一太郎	福村書店	昭27・3
宮沢賢治の手帳研究	小倉豊文	創元社	昭27・8
宮沢賢治批判	佐藤勝治	十字屋書店	昭27・12
宮沢賢治	和田伝	ポプラ社	昭29・4
宮沢賢治	中村稔	ユリイカ	昭30・6
宮沢賢治物語	関登久也	岩手日報社	昭32・8
宮沢賢治研究	草野心平編	筑摩書房	昭33・8
譜年 宮沢賢治伝	堀尾青史	図書新聞社	昭41・3

さくいん

【作 品】

青森挽歌(詩)……九七
雨ニモマケズ(詩)……一二・五七・九〇
一一八・一四二
一七三
あらたなる(文語詩)… 一三九・一七一
泉ある家(散文)……… 五八・五九
異途の出発(詩)……… 一〇四・一〇五
稲作挿話(詩)……… 一一六・一五六
永訣の朝(詩)……… 八・九一・一五六
一五七・一六三
オッペルと象(童話)… 一三・四六・八七
一〇〇・一一六
一九四
女(散文)……… 一一九
かしはばやしの夜(童話)………
六八・七六・二〇一
風の又三郎(童話)… 二三・七六・一九五
革トランク(散文)……… 六七・六九
饑餓陣営(戯曲)……… 七九・八〇
銀河鉄道の夜(童話)………
……一〇〇・一五四・一五五・一七五
グスコーブドリの伝記(童話)
……三一・二三・一四三・一八七・一九三
屈折率(詩)……… 七一・八一
小岩井農場(詩) ……… 一六三・一六四
告 別(詩)……… 一〇二
作品第一〇八八番(詩) 一五六・一六九
シグナルとシグナレス(童話)
……… 四六・八〇・一〇〇・一五四・一八五
詩への愛憎(詩)……… 一〇八
十六日(散文)……… 一一九
セロ弾きのゴーシュ(童話) 一八六
宗谷挽歌(詩)……… 九九
そのまっくらな巨きなもの
(文語詩)……… 一三九
大礼服の例外的効果(散文)… 四九
五四
種山ヶ原の夜(戯曲)…… 七九・八〇
「注文の多い料理店」(童話集)
……… 九・二二・六二・六八・八六
一〇三・一五五・一六六
月夜のでんしんばしら(童話)
……… 二五・六八
どんぐりと山猫(童話)
……六八・八二・八七・一八六
なめとこ山の熊(童話)
……… 一三・一七・八七
農民芸術概論綱要…… 一一一・一一三
肺炎詩論(詩)…… 一三〇・一三一・一五七
「春と修羅」(詩集)
…九・二三・三四・七一・八〇・一〇三・一五三
ひとひはかなく(文語詩)… 一七一
風 林(詩)………九六
ペンネンネンネンネンネネム
の伝記(童話)……… 一九三
北守将軍と三人兄弟の医者
(童話)……… 一四三
ポラーノの広場(童話)
………二一・一一八・一三七
松の針(詩)……… 九二・九三・一五六
三原三部(詩)……… 一三四
無声慟哭(詩)…九二・一〇〇・一五六・一六三
よだかの星(童話)… 四二・四六・一五〇
一五四・一八三
龍と詩人(散文)……… 七二・八三
和風は河谷いっぱいに吹く(詩)
……… 一一四

【人 名】

秋田雨雀……… 八四・八九・一一五
アミチス………二六・一八四
アンデルセン………二一
石川啄木…二三・三二・三八・五二・六六・一四六
黄 瀛……… 一三三
小川未明……… 八四・八九・一七九
尾崎文英……… 一五・三五
恩田逸夫……… 一七五
鹿島鳴秋………八四・一七九
菊池武雄………八六・一四一
儀府成一(母木光)…三・一一七・一七七
草野心平……… 一三四・一五五・一六三
佐藤惣之助………八一
佐藤隆房………六四
島地大等……… 一五・三五・四七・五二
神野幾馬………五九
鈴木東蔵……… 一三五
鈴木三重吉……… 八五・八八
関登久也(徳弥)………六四
関豊太郎……… 四九・五六
高智尾智燿 ……… 六二・六五・一三九
高村光太郎……… 一七八
田中智学………六四
辻 潤………八一
坪田譲治……… 一七八
トルストイ………二一
藤原嘉藤治………七六
堀尾青史……… 一五〇
松田甚次郎……… 一二三
森荘已池(佐一)…… 一七・七四・一〇三
八木英三………二五

―完―

宮沢賢治《みやざわけんじ》■人と作品　　定価はカバーに表示

1966年11月5日　第1刷発行©
2016年8月30日　新装版第1刷発行©
2017年1月20日　新装版第2刷発行

・著　者……………………福田清人《ふくだきよと》／岡田純也《おかだじゅんや》
・発行者……………………渡部　哲治
・印刷所……………………法規書籍印刷株式会社
・発行所……………………株式会社　清水書院

〒102-0072　東京都千代田区飯田橋3-11-6
Tel・03(5213)7151～7
振替口座・00130-3-5283
http://www.shimizushoin.co.jp

検印省略
落丁本・乱丁本はおとりかえします。

CenturyBooks

Printed in Japan
ISBN978-4-389-40108-5

CenturyBooks

清水書院の〝センチュリーブックス〟発刊のことば

近年の科学技術の発達は、まことに目覚ましいものがあります。月世界への旅行も、近い将来のこととして、夢ではなくなりました。しかし、一方、人間性は疎外され、文化も、商品化されようとしていることも、否定できません。

いま、人間性の回復をはかり、先人の遺した偉大な文化を継承して、高貴な精神の城を守り、明日への創造に資することは、今世紀に生きる私たちの、重大な責務であると信じます。

私たちがここに、「センチュリーブックス」を刊行いたしますのは、人間形成期にある学生・生徒の諸君、職場にある若い世代に精神の糧を提供し、この責任の一端を果たしたいためであります。

ここに読者諸氏の豊かな人間性を讃えつつご愛読を願います。

一九六七年

SHIMIZU SHOIN

【人と思想】 既刊本

老子	高橋進
孔子	内野熊一郎他
ソクラテス	中野幸次
釈迦	副島正光
プラトン	中野幸次
アリストテレス	堀田彰
イエス	八木誠一
親鸞	古田武彦
ルター	小牧治 泉谷周三郎
カルヴァン	渡辺信夫
デカルト	伊藤勝彦
パスカル	小松摂郎
ロック	浜林正夫他
ルソー	中里良二
カント	小牧治
ベンサム	山田英世
ヘーゲル	澤田章
J・S・ミル	菊川忠夫
キルケゴール	工藤綏夫
マルクス	小牧治
福沢諭吉	鹿野政直
ニーチェ	工藤綏夫
J・デューイ	山田英世
フロイト	鈴村金彌
内村鑑三	関根正雄
ロマン=ロラン	村上嘉隆 村上益子
孫文	横山英 中山義弘
ガンジー	坂本徳松
レーニン	中野徹三 高岡健次郎
ラッセル	金子光男
シュバイツァー	泉谷周三郎
ネルー	中村平治
毛沢東	宇野重昭
サルトル	村上嘉隆
ハイデッガー	新井恵雄
ヤスパース	宇都宮芳明
孟子	加賀栄治
荘子	鈴木修次
アウグスティヌス	宮谷宣史
トーマス・マン	村田經和
シラー	内藤克彦
道元	山折哲雄
ベーコン	石井栄一
マザーテレサ	和田町子
中江藤樹	渡部武
ブルトマン	笠井恵二
本居宣長	本山幸彦
佐久間象山	奈良本辰也 左方郁子
ホッブズ	田中浩
田中正造	布川清司
幸徳秋水	絲屋寿雄
スタンダール	鈴木昭一郎
和辻哲郎	小牧治
マキアヴェリ	西村貞二
河上肇	山田洸
アルチュセール	今村仁司
杜甫	鈴木修次
スピノザ	工藤喜作
ユング	林道義
フロム	安田一郎
マイネッケ	西村貞二
エラスムス	斎藤美洲
パウロ	八木誠一
ブレヒト	岩淵達治
ダンテ	野上素一
ダーウィン	江上生子
ゲーテ	星野慎一
ヴィクトル=ユゴー	辻昶 丸岡高弘
トインビー	吉沢五郎
フォイエルバッハ	宇都宮芳明

平塚らいてう　小林登美枝
フッサール　加藤精司
ゾラ　尾崎和郎
ボーヴォワール　村上益子
カール＝バルト　大島末男
ウィトゲンシュタイン　岡田雅勝
ショーペンハウアー　遠山義孝
マックス＝ヴェーバー　住谷一彦他
D・H・ロレンス　倉持三郎
ヒューム　泉谷周三郎
シェイクスピア　福田陸太郎・菊川倫子
ドストエフスキイ　井桁貞義
エピクロスとストア　堀田彰
アダム＝スミス　浜林正夫・鈴木亮
ポパー　川村仁也
フンボルト　西村貞二
白楽天　花房英樹
ベンヤミン　村上隆夫
ヘッセ　井手賁夫
フィヒテ　福吉勝男
大杉栄　高野澄
ボンヘッファー　村上伸
ケインズ　浅野栄一
エドガー＝A＝ポー　佐渡谷重信

ウェスレー　野呂芳男
レヴィ＝ストロース　吉田禎吾他
ブルクハルト　西村貞二
ハイゼンベルク　小出昭一郎
ヴァレリー　山田直
プランク　高田誠二
ラヴォアジエ　中川鶴太郎
T・S・エリオット　徳永暢三
シュトルム　宮内芳明
マーティン＝L＝キング　梶原寿
ペスタロッチ　長尾十三二・福田弘
玄奘　三友量順
ヴェーユ　冨原眞弓
ホルクハイマー　小牧治
サン＝テグジュペリ　稲垣直樹
西光万吉　師岡佑行
ヴァイツゼッカー　加藤常昭
メルロ＝ポンティ　村上隆夫
オリゲネス　小高毅
トマス＝アクィナス　稲垣良典
ファラデーとマクスウェル　後藤憲一
津田梅子　古木宜志子
シュニツラー　岩淵達治

タゴール　丹羽京子
カステリョ　出村彰
ヴェルレーヌ　野内良三
コルベ　川下勝
ドゥルーズ　鈴木亨
「白バラ」　関楠生
リジュのテレーズ　菊地多嘉子
リッター　西村貞二
プルースト　石木隆治
ブロンテ姉妹　青山誠子
ツェラーン　森治
ムッソリーニ　木村裕主
モーパッサン　村松定史
大乗仏教の思想　副島正光
解放の神学　梶原寿
ミルトン　新井明
ティリッヒ　大島末男
神谷美恵子　江尻美穂子
レイチェル＝カーソン　太田哲男
オルテガ　渡辺修
アレクサンドル＝デュマ　辻昶・稲垣直樹
西行　渡部治
ジョルジュ＝サンド　坂本千代
マリア　吉山登

ラス=カサス	染田　秀藤
吉田松陰	高橋　文博
パステルナーク	前木　祥子
パース	岡田　雅勝
南極のスコット	中田　修
アドルノ	小牧　治
良寛	山崎　昇
グーテンベルク	戸叶　勝也
ハイネ	一條　正雄
トマス=ハーディ	倉持　三郎
古代イスラエルの預言者たち	木田　献一
シオドア=ドライサー	岩元　巌
ナイチンゲール	小玉香津子
ザビエル	尾原　悟
ラーマクリシュナ	堀内みどり
フーコー	今村　仁司 栗原　仁
トニ=モリスン	吉田　廸子
悲劇と福音	佐藤　研
リルケ	星野　慎一 小磯　仁
トルストイ	八島　雅彦
ミリンダ王	森　祖道 浪花　宣明
フレーベル	小笠原道雄
ヴェーダからウパニシャッドへ	針貝　邦生
ベルイマン	小松　弘
アルベール=カミュ	井上　正
バルザック	高山　鉄男
モンテーニュ	大久保康明
ミュッセ	野内　良三
ヘルダリーン	小磯　仁
チェスタトン	山形　和美
キケロー	角田　幸彦
紫式部	沢田　正子
デリダ	上利　博規
ハーバーマス	小牧　治 村上　隆夫
三木清	永野　基綱
グロティウス	柳原　正治
シャンカラ	島　岩
ハンナ=アーレント	太田　哲男
ミダース王	西澤　龍生
ビスマルク	加納　邦光
オパーリン	江上　生子
アッシジのフランチェスコ	川下　勝
スタール夫人	佐藤　夏生
セネカ	角田　幸彦
ペテロ	川島　貞雄
ジョン・スタインベック	中山喜代市
漢の武帝	永田　英正
アンデルセン	安達　忠夫
ライプニッツ	酒井　潔
アメリゴ=ヴェスプッチ	篠原　愛人
陸奥宗光	安岡　昭男